SOUS LES MIRABELLIERS

DU MÊME AUTEUR

Les Enfants de l'apartheid, Fayard, 1989.
Feu sur l'enfance, Fayard, 1989.
La Colère de Mouche, roman, Mazarine, 1998.
Les pommes seront fameuses cette année, Mazarine, 2000, et GLM, 2004 (prix du Roman du terroir décerné par le Salon de l'œil et la plume de Cosne-sur-Loire).
L'Inaccomplie, Mazarine, 2000 (prix Feuille d'Or de la ville de Nancy et prix France Bleu Sud Lorraine) et Editions Libra Diffusion.
Trois Reines pour une couronne, Presses de la Cité, 2002, et GLM, Editions Feryane, France Loisirs.
Le Dernier Amour d'Auguste, Fayard, 2002, et GLM, Editions Libra Diffusion.
Les Alliances de cristal, Presses de la Cité, 2003, et GLM, Editions Feryane.
Un petit carré de soie, Fayard, 2003, et Editions Libra Diffusion.
Mystérieuse Manon, Presses de la Cité, 2004, et GLM, France Loisirs, Editions Feryane (prix de l'association Le Printemps du livre lorrain 2004).
Le Soleil des mineurs, Presses de la Cité, 2005, et GLM, Editions Feryane, Sélection du Reader's Digest (prix Victor-Hugo 2005, prix des conseillers généraux de Lorraine 2005).
Nous, les derniers mineurs, l'épopée des gueules noires, avec Camille Oster, Hors Collection, 2005.
L'Enfant perdu des Philippines, Presses de la Cité, 2006, et GLM, Editions Feryane.
Les cigognes savaient, Presses de la Cité, 2007, et GLM, Editions Feryane.
Appelez-moi Jeanne, Fayard, 2007, et Editions Libra Diffusion, France Loisirs.
Le Roman de la place Stanislas, Editions Place Stanislas, 2007.
Confession d'Adrien le colporteur, Presses de la Cité, 2008. Sélection du Reader's Digest.
La Lorraine au cœur, Editions Place Stanislas, 2008.
Un rire d'ailleurs, Fayard, 2008, et GLM.
Le Secret du pressoir, Presses de la Cité, 2009, et GLM, France Loisirs.
Quand je serai grand, Fayard, 2009.

En collaboration

Pour les enfants du monde, sous la direction du Pr Minkowski, Edition n° 1, Unicef, MPLEM, 1991.
L'Appel de Lunéville : pour la résurrection du Versailles lorrain, sous la direction de François Moulin et Michel Vagner, Editions de l'Est, 2003.
Paroles d'auteurs – La Lorraine, photographies de Pascal Bodez, ouvrage collectif avec le soutien du conseil régional de Lorraine, Editeur, 2007.
Les Plus Belles Saint-Nicolas en Lorraine, sous la direction de Marie-Hélène Colin, Editions Place Stanislas, 2009.
Les Plus Beaux Noëls d'Alsace, sous la direction de Michel Loetscher, Editions Place Stanislas, 2009.

Pour la jeunesse

Meurtre au village du livre, roman français-anglais, Editions de l'Oxalide, 2008.

Elise Fischer

SOUS LES MIRABELLIERS

Nouvelles de Lorraine et d'ailleurs

Collection Terres de France

PRESSES DE LA CITÉ

Production Jeannine Balland

ISBN 978-2-258-08097-3

« Le bonheur ne consiste pas à acquérir et à jouir, mais à ne rien désirer, car il consiste à être libre. »

Manuel d'Epictète

« Quand nous sommes heureux, nous sommes toujours bons ; mais quand nous sommes bons, nous ne sommes pas toujours heureux. »

Oscar WILDE,
Le Portrait de Dorian Gray

L'enfant qui riait avec les étoiles

Ce jour-là, le printemps avait couvert la montagne d'une lumière vive qui s'écrasait avec arrogance jusque sur les vitres des fenêtres des Roussottes. Le soir allait tomber. Violette avait attendu cet instant entre goûter et dîner.

Elle souleva le rideau de coton et reçut les derniers rayons du soleil. Une caresse, un effleurement délicieux dont elle s'enivra. Puis, n'y tenant plus, sa main s'agrippa à l'espagnolette de la fenêtre, qu'elle manœuvra. Elle passa le bout du nez dehors. L'air se chargeait de fraîcheur, mais restait prometteur.

— J'y vais ! lança-t-elle de sa voix claire.

— Où ? interrogea Georges, son grand-père, le regard vaguement sourcilleux comme il piquait les braises du poêle à l'aide du tisonnier.

— Comme d'habitude, grand-père, « rire avec les étoiles ». Le ciel est dégagé... Ne t'inquiète pas, je prends Vaillant avec moi.

— Couvre-toi, Violette, et fais attention où tu mets les pieds. J'ai aperçu le père Mauchard ces jours-ci, il posait des pièges. Il mourra en posant ses foutus engins. Et puis, du côté vosgien, les ravines sont encombrées de neige verglacée. Il gèle encore en fin de nuit. Sois prudente, ma jolie !

— Ne t'en fais pas, mon pépère chéri, je ferai attention et je te rapporterai des trésors, promit-elle en attrapant son panier d'osier sur l'étagère accrochée au-dessus d'un antique miroir qui renvoyait le visage parsemé de taches de rousseur d'une gamine espiègle et rieuse, âgée d'une dizaine d'années.

Violette avait, comme disait Georges, une jolie frimousse. Sa bouche était moyenne et bien dessinée sous un petit nez obstinément tendu vers les sommets vosgiens.

« C'est à force d'aller rire avec les étoiles », disait le grand-père en y posant l'index avant d'attirer l'enfant à lui avec affection.

Sa main rugueuse se perdait en caresses rêveuses dans le champ doré de sa chevelure. Il se souvenait du bébé trouvé par une nuit étoilée de printemps, près de la Source entre le Bonhomme et le Brézouard. Un bébé découvert à proximité des bruyères pourpres, non loin d'une touffe de fougères qui s'ingéniaient à dérouler leurs longues feuilles.

Cette trouvaille ne l'avait pas étonné outre mesure. Non. De nos jours... Plus surprenante était la lettre toute chiffonnée, glissée dans la couverture enveloppant le nourrisson âgé de quelques jours. Le message avait intrigué le vieil homme : *Je sais que vous l'aimerez.*

Il fallait que la personne ayant déposé l'enfant connût bien Georges et l'endroit secret de ses méditations...

Au nord-est, par-dessus les épicéas, le versant alsacien des Vosges s'étendait, esquissant mystérieusement les premières lignes de Strasbourg. Au nord-ouest, Georges devinait le pays de Rose, la Lorraine et ses hauts-fourneaux... Il n'y était jamais retourné depuis ce soir lointain de la Saint-Jean, pourtant il savait bien que les lieux abritaient encore quelque vague parenté. Les racines des gens de l'Est sont profondément ancrées dans le sol de Lorraine. Cette terre est la leur. De cette terre, avec quelle opiniâtreté ils ont extrait le minerai pour façonner l'acier ! D'autres se sont fondus dans le peuple de la nuit pour trouver l'or noir des houillères.

Je sais que vous l'aimerez. La personne qui avait déposé l'enfant avait donc placé tous ses espoirs dans le vieil homme. A juste titre. Georges était capable d'aimer. D'aimer du plus bel amour qui soit. Elle désirait que la petite fille pût vivre. Dans le cas contraire, elle l'eût abandonnée sans aucun scrupule au cœur de l'immense et épaisse forêt, à la merci de quelque bête sauvage. Mais, ce que ne comprenait pas Georges, quand il s'interrogeait sur les raisons de ce geste, c'était le fait ayant empêché cette même personne de venir simplement frapper à la porte des Roussottes. Car, du Bonhomme à la Schlucht et jusqu'à Gérardmer, le Georges des Roussottes avait la réputation de n'avoir jamais refusé ses services à quiconque. Etait-ce donc une personne redoutant son jugement ? C'était bien mal le connaître. Georges ne jugeait pas.

Il n'avait pu se retenir de penser à Muguette, son unique fille, partie depuis de si longues années, à la ville, sans doute. Strasbourg ? Metz ? Nancy ? Ne sont-ce pas nos proches qui nous connaissent le moins pour oser ainsi le doute ? Pourquoi Muguette l'avait-elle quitté un soir d'été alors qu'il l'avait élevée avec infiniment d'amour ?

« Le Georges en fait trop, disaient les villageois de la vallée. Elle mène son père par le bout du nez.

— On n'aime jamais trop, répondait Georges d'une voix éraillée par la bonté. Déjà que Muguette n'a plus sa mère. C'est quand même dur, ce qu'a fait le bon Dieu : prendre sa mère à un enfant le jour de sa naissance. »

Muguette s'était sauvée, comme une voleuse, avait pensé Georges en lisant le mot laissé sur l'oreiller : *Faut que je parte, je vous demande pardon, papa.*

Qu'espérait-elle de mieux là où elle allait ? Que lui manquait-il aux Roussottes ? Le lait des brebis avait-il pris un goût aigre ? Le pain était-il moins moelleux ? Les mousses perdaient-elles de leur douceur ? Et la neige, sa blancheur ? Georges s'était posé tellement de questions sans trouver de réponse que son âme s'était parée de voiles de tristesse qu'il s'efforçait de dissimuler.

Il avait gardé le bébé, l'avait élevé, retrouvant les gestes d'autrefois, ceux qui avaient fait grandir Muguette. Pour Violette, il avait renoué avec la gaieté. Et parfois, tandis qu'il la câlinait, son cœur faisait un détour et s'égarait. Muguette n'était pas partie, puisqu'il la tenait sur ses genoux près du poêle qui ronflait au rythme du temps... Et si, cela avait été le cas, elle était de retour aux Roussottes. Et plus jamais ne repartirait. Ne lui réclamait-elle pas une histoire ?

Au village, situé à quelques centaines de mètres plus bas dans la montagne, on s'était à peine étonné de la présence de la fillette chez Georges. Les Vosgiens sont ainsi, peu bavards, frileux de questions. Rien que des taiseux, comme l'épaisse forêt les abritant. Parfois, au bord du ruisseau, ou au lavoir, quand la lessive rassemblait quelques femmes, les langues tournaient au rythme du savon glissant sur le linge. On s'ingéniait à trouver une vague parenté, une ressemblance entre Muguette et Violette. Mais jamais les propos ne laissaient sous-entendre la moindre méchanceté. « Le malheur est partout. Chacun a sa part. Celui qui ne l'a pas l'aura un jour. »

A tous, Violette offrait son plus beau sourire et ses yeux d'or. Elle avait su conquérir son petit monde, mais sa grande amie était la montagne, qu'elle connaissait intimement jusque dans ses moindres recoins. Elle montait hardiment jusqu'au Brézouard, précédée ou suivie de Vaillant, le vieux berger des Roussottes. C'était selon la géographie du terrain. Violette ne tenait pas toujours compte des conseils de Georges. Elle coupait à travers la montagne pour aller rire avec les étoiles. Elle en redescendait à la nuit tombée, heureuse et ivre des clartés avec lesquelles elle flirtait sans retenue depuis que son grand-père lui avait révélé les « circonstances étranges et mystérieuses » de sa naissance.

« Tu es née un soir où les étoiles riaient trop fort par-dessus le ciel vosgien. Les bruyères, les fougères, les mousses se sont unies pour amortir ta chute. Je t'ai trouvée près de la Source, couchée sur les violettes qui t'avaient tressé un bien joli tapis de parfum.

— C'est pour cela que tu m'as appelée Violette ?

— Je crois qu'il était juste de leur rendre hommage. C'était aussi le vœu des étoiles. Si elles t'avaient déposée là, il fallait tenir compte de leur avis.

— Tu veux dire, pépère, que je viens des étoiles ?

— Sans aucun doute. Regarde-toi dans l'eau de la Source quand tu monteras au Brézouard avant la nuit. Tes yeux ont la couleur du ciel et tes prunelles l'éclat des étoiles. Vois ta peau et ta chevelure, couvertes de poussière d'étoile... »

Violette aimait accompagner Georges jusqu'à la Source. Son lieu de rêve, disait-il. De lui, elle avait appris l'écoute du chant de l'eau jaillissant du ventre de la montagne et rebondissant sur les roches de grès rose. Mais quand elle se promenait seule avec Vaillant sur les talons, c'était jusqu'au Brézouard qu'elle grimpait, pour être plus près des étoiles. Là, les arbres disparaissent peu à peu, s'effaçant pour laisser la place aux Chaumes, là où l'horizon s'étend, s'étire et s'élance avec une rondeur de majesté.

« Jusqu'aux limites de l'impossible ! » hurlait Violette par-dessus le vent en battant des mains.

Violette aimait scruter le ciel et s'interroger sur le rire des étoiles, ses sœurs. Avec elles, elle entamait un étonnant dialogue. Elle riait à gorge déployée et son rire, porté par l'écho vosgien, se cognait de mont en mont, courait sur les crêtes, par-dessus l'hymne des sources. Alors Violette interpellait les étoiles :

« Dites-moi laquelle d'entre vous m'a lâchée sur les violettes et pourquoi ? »

Les étoiles se contentaient de rire, et de rire encore dans la fixité de la voûte sombre du ciel.

« Pourquoi perd-on la mémoire de sa naissance ? Pourquoi se cache-t-elle dans les méandres du cerveau et de l'âme ? »

Violette retournait cette question sans réponse jusqu'à ce que la tristesse ombre son regard. Elle secouait sa petite tête dorée et cherchait, du bout de ses doigts, entre ses cheveux, la trace d'une lointaine blessure prouvant sa chute sur terre.

« Suis-je une sœur ou une cousine du Petit Prince ? » lançait-elle aux étoiles toujours silencieuses.

Elle connaissait l'histoire du Petit Prince de la bouche même de son grand-père.

« Pépère, est-ce vrai que je devrai, moi aussi, regagner mon étoile ?

— Sans doute, mais pas maintenant. Tu as encore le temps. Tu en es seulement au rire.

— Tu dis vrai, pépère. Il faut que j'apprivoise. »

Georges n'osait poursuivre ce genre de conversation avec Violette. Les certitudes de l'enfant l'ébranlaient. Il en venait à penser qu'un soir les étoiles avaient vraiment ri par-dessus les épicéas, un rire audacieux, si fort qu'il lui avait rendu Muguette.

Cependant, dans le silence du Brézouard, Violette s'interrogeait sur sa mission. Le Petit

Prince se dressait devant elle. Elle comparait ce qu'elle avait déjà fait. Elle avait apprivoisé la montagne, une famille de souris au pied d'un noisetier et un écureuil que Georges et elle avaient soigné. Elle ne craignait plus les saisons. L'hiver qui vient quand l'ombre des cerisiers et pruniers s'allonge démesurément sur l'herbe du verger. La chute des feuilles de hêtre sur les branches de sapin. Le vent qui se lève, souffle et mugit, suivi du silence venu saisir toute chose avec l'arrivée des premiers flocons. Le long engourdissement de l'hiver ne l'ennuyait plus. Le printemps n'en serait que plus beau. Pourtant Violette sentait fourmiller en elle une force nouvelle. Elle tendait l'oreille et tout son corps se mettait en attente, se crispait jusqu'à la douleur pour entendre l'appel... Les étoiles l'avaient sans doute investie d'une mission. Mais laquelle ? En attendant de la découvrir, elle trouvait encore son plaisir en riant avec les étoiles.

Cet après-midi-là, comme elle s'emmitouflait dans sa pèlerine et qu'elle secouait énergiquement son panier empli des poussières hivernales, elle eut un pressentiment. C'était la seconde fois qu'elle ressentait cette chose qui lui venait du ventre et montait à son cœur. Son esprit vacillait sous l'assaut d'un étrange soupçon. Bientôt le rire ne suffirait plus... Mais qu'y aurait-il après le rire ? Elle se souvenait de ce sentiment. Il avait une odeur. Elle l'avait respiré une longue nuit d'hiver quand le sommeil l'avait désertée. Elle avait cherché comment atteindre les étoiles, comment les obliger à dire ce qu'elles cachaient derrière leur rire scintillant.

Quelques jours plus tard, Georges était entré dans la grande salle à manger des Roussottes qui sentait bon l'encaustique. Dans ses mains calleuses, il tenait une curieuse corde tressée. Il gardait les yeux baissés afin qu'elle ne vît pas les larmes qui perlaient au bord des cils.

« Violette, avait-il articulé douloureusement, voudrais-tu enlever ton bonnet, s'il te plaît ? »

Découverte ! La demande de son grand-père ne l'avait pas surprise. Elle s'était exécutée et avait montré ses cheveux courts. Depuis la fin de l'automne, elle avait coupé ses nattes. D'abord, elle les avait gardées épinglées en couronne sur sa tête, avant de les cacher et de les mêler à de la laine et à de la ficelle pour tresser une longue corde. Puis elle avait couvert sa tête du bonnet. C'était l'hiver, il faisait froid jusque dans la maison...

« C'était pour grimper jusqu'à mon étoile, pépère », avait-elle gémi en se fourrant dans ses bras avant de plaquer deux bises sonores sur ses joues ridées.

Voyant les yeux de Georges brillants de larmes, elle avait ajouté :

« Mais je serais revenue, tu sais, mon pépère. »

La nuit était maintenant tombée. Espérant le retour de Violette, Georges avait réchauffé la soupe à deux reprises. Il guettait le moindre bruit, s'interdisait de respirer. Il sortit même, croyant avoir entendu ses pas dans la remise. En vain. Inquiet, il décida de grimper jusqu'au Brézouard.

Il appela Violette de toutes ses forces, siffla Vaillant dans le silence de la nuit. La montagne restait sourde à ses appels. Il scruta le ciel, fouilla le sol du faisceau lumineux de sa lanterne. Violette semblait être passée par là, mais sa trace se perdait anormalement sur le versant est.

Fou d'angoisse, il redescendit aux Roussottes, prit Rex, le fils de Vaillant, avec lui, et entreprit d'aller quérir de l'aide au village.

— Etoiles, rendez-la-moi ! suppliait-il en chemin.

Georges s'épuisait, il ne parvenait plus à suivre les gendarmes et les habitants du village participant aux recherches. Il se contentait de les orienter, d'indiquer les endroits où passait habituellement Violette. De sa truffe, Rex sondait le sol, il n'avait qu'une idée en tête : la Source. Il allait et venait, aboyant pour qu'on le suive.

— Rex doit avoir raison, avoua Georges en se laissant tomber sur une souche d'arbre. Pourtant, c'est étrange, Violette n'y va jamais sans moi.

Son cœur bondissait dans sa poitrine, le sang cognait à ses tempes et la tête lui tournait. De sa main, il tenta de chasser les brumes qui l'assaillaient. Des clochettes, comme celles qu'il suspendait au cou de sa biquette, tintaient par milliers. Un vacarme assourdissant gonflait ses oreilles. A moins que ce ne soit les coups répétés de l'acier qu'on lamine et martèle au pays de Rose... Rose qu'il était allé cueillir le jour de son anniversaire, un soir de Saint-Jean, près d'un gigantesque bûcher dressé sur le plateau de Gravelotte, sous un ciel piqueté d'étoiles. Riaient-elles déjà, les étoiles ? Rose était légère, si légère... A la première danse, ils se plurent, à la deuxième, ils éclatèrent de rire. A la troisième, le feu de l'amour les embrasait, et comme le bûcher vaincu par les flammes s'écroulait, il la demandait en mariage. Rose, Muguette... et puis Violette.

De sa vie, il avait fait un bouquet.

Le vent se levait maintenant, portant jusqu'à Georges des aboiements, ceux de Rex d'abord – il les aurait reconnus entre mille –, puis ceux des autres chiens. Qu'avaient-ils trouvé ?

Le brigadier se dressait devant Georges.

— Il faut venir, Georges.

A plusieurs reprises, le brigadier soutint Georges jusqu'à la Source, où les villageois s'étaient rassemblés, soudés dans une torpeur muette.

— Elle est là, murmura le brigadier. Courage, Georges.

Il la revit bébé, roulée dans la couverture rose, couchée sur les violettes, les yeux tournés vers le ciel. Les brumes reprenaient l'assaut. Il avala sa salive avec bruit, fit claquer sa langue pour retrouver le présent. Vaillant « dormait » aux pieds de Violette. Mais dans la lueur des lanternes, on voyait s'échapper de sa gueule entrouverte un mince filet traçant un ruisselet rouge qui se perdait dans les mousses.

— Violette, gémit Georges en se baissant vers elle.

Il prit la main encore tiède de la fillette et, passant un bras sous sa nuque, il découvrit son cou, enserré par deux fois d'une corde de nattes tressées.

— Vous voyez, brigadier, elle a voulu grimper jusqu'à son étoile pour rire avec elle, et la corde a cassé... et...

Pour lui-même, il ajouta, en même temps que les brumes noyaient son regard :

— De ma vie, j'avais fait un bouquet de trois fleurs, et la troisième, la plus belle, s'est fanée avant l'heure...

Et il s'écroula à côté de Violette, comme un sapin que l'on abat, net.

Mais les chiens s'énervaient au bout de leur laisse, aboyant, tirant pour suivre Rex jusqu'au Brézouard.

Là-haut, au-delà des Chaumes, en direction de la route des Crêtes, un homme courait à perdre haleine, tentant de gagner l'épaisse forêt pour échapper au rire furieux des étoiles, bien décidées à le poursuivre telle une malédiction par-dessus les senteurs violettes d'une petite étoile qui se brise et meurt un soir de printemps vosgien.

La disparition de Lili

Mais oui, bien sûr qu'elle a eu raison de mettre la gendarmerie sur le coup. Le père Didier a beau secouer la tête en tirant sur sa pipe, Margotte n'en démord pas.

— Oui, monsieur, j'ai porté plainte. Et alors ? Non, monsieur, ce n'est pas un coup de tête. Ce serait plutôt un coup de cœur. Non, monsieur, la vengeance ne coule pas dans mes veines. C'est une question de justice. La Mée m'a appris à discerner les sentiments. Non, monsieur, je ne m'égare ni dans les mots ni encore moins dans les maux. Oh ! Pardon, monsieur, si je vous fatigue. Non, je ne me moque pas de vous. J'ai vraiment du respect et si je ne vous appelle pas « père Didier », comme la plupart, c'est que la Mée m'a bien élevée. Je n'ai peut-être pas connu ma mère, mais la Mée m'a tout donné. Pourquoi je m'enflamme pour Lili ? Mais enfin, monsieur, je l'aime et c'est une créature du bon Dieu, comme aurait dit la Mée.

Margotte poursuit son chemin, le cœur perdu dans ses pensées. Elle reprend l'histoire depuis le début. Si Lili a disparu, il est normal qu'elle la fasse rechercher. C'est bien ainsi qu'il faut procéder quand on ne retrouve pas le corps et que l'on a observé des comportements étranges. Tout juste si on ne rigole pas de son inquiétude. Margotte entend bien le silence qui s'installe à son approche. Parfois, c'est le contraire, on murmure dès qu'elle s'éloigne, sans compter les regards en biais et ceux qui la poignardent dans le dos.

La disparition de Lili n'est pas normale. Et, vu son état, ce serait une monstruosité de ne pas la protéger et de laisser en liberté celles ou ceux qui lui auraient fait du mal. C'est bien ce qu'elle a expliqué à la gendarmerie. Raoul, qui a pris sa plainte, en bafouillait. Il tremblait en lui tendant le papier à signer.

« C'est que, Marg... enfin, madame, maintenant que vous êtes célèbre, je... j'ose plus vous appeler comme autrefois, même si je vous ai vue toute petiote dans la rue Saint-Jacques. »

Il s'était ressaisi après un interminable raclement de gorge.

« C'est vrai, il y a des gens sans cœur. Des tarés, même dans notre beau village maintenant classé médiéval, à ce que dit le guide. Et votre Lili n'est pas n'importe qui... »

Lili... Elle l'a cherchée partout. Au fond de la cabane où elle court se réfugier pour passer quelques heures tranquilles. Au bord du ruisseau où elle sait la retrouver certains soirs à humer la fraîcheur qui tombe en bordure de forêt. Au-delà du champ de maïs de Pierrot, qui n'aime guère l'y découvrir... Elle la revoit les yeux brûlants d'amour frissonner d'un évident plaisir. C'est vrai que Pierrot râle souvent parce qu'elle piétine un peu trop allègrement les jeunes plants. Et il ajoute encore que, décidément, cette Lili-là n'a aucune des qualités de sa mère. Si obéissante, si intelligente... On voit bien qu'elle a subi les mauvaises influences... Vrai ou faux ? Peu importe, cette fois, Lili n'est pas allongée sous les larges feuilles de maïs. Et vu l'aspect du champ, il est évident qu'elle n'y est pas venue. Il est donc inutile d'aller en parler à Pierrot.

Pierrot ! Margotte soupire en songeant à lui. Vrai de vrai, elle préférerait s'arracher un œil plutôt que de frapper à sa porte et de risquer de se faire rabrouer. Elle imagine son regard railleur, entend ce qu'il va lui balancer.

« Comme j'ai eu raison d'écouter mon père et de renoncer... Tu aurais fait pareil avec les enfants. Incapable de les surveiller. Toujours dans tes cahiers, tes paperolles. Pauvre fille, comme si c'était cela qui faisait pousser le blé et le maïs ! »

Non, elle ne veut plus penser à Pierrot. Elle ne l'aime pas ou, plutôt, elle ne veut plus l'aimer. Elle hausse les épaules et balaie d'un geste de la main la mèche de cheveux qui lui barre le visage et lui chatouille les narines jusqu'à l'en faire éternuer. Si seulement ce geste avait la capacité d'effacer le passé qui lui a labouré le cœur, songe-t-elle.

Elle se revoit petite fille dévaler les rues du village à flanc de coteau. Elle en aime la grande rue qui descend depuis la chapelle jusqu'à la ferme de la Mée, à côté de l'abreuvoir communal. Rien n'a changé, à part quelques fleurs plantées dans les usoirs. A cette époque, tout en courant, elle hurlait d'une voix stridente à s'en faire péter les cordes vocales, disait Angeline, restée fille pour élever les petits derniers depuis la mort de leur mère. A s'en faire exploser la poitrine qui n'avait pas encore poussé, renchérissait Albertine, leur voisine.

« La Mée, la Mée, ouvre ta porte et tes grands bras, c'est moi, j'arrive… »

Avait-elle entendu la supplique de la gamine ? A mi-chemin, Margotte voyait la Mée, campée sur le devant de l'immense porte cochère entrouverte, les mains sur les hanches qu'elle avait généreuses.

« C'est-y pas possible ! Tu vas encore tomber ; t'écorcher le bout du nez comme l'an dernier et je vais te transformer en indien en te barbouillant de Mercurochrome ! »

Margotte riait à gorge déployée, les cheveux au vent. Sûre de l'affection de la Mée qui la rattrapait à l'issue de sa course, la soulevait de terre dans un tourbillon joyeux pour mieux la serrer sur son cœur. Elle enfouissait alors sa petite tête entre les deux seins rebondis de la Mée et la respirait. La Mée sentait bon l'eau de lavande. Pas comme la vieille Josépha, qui oubliait de se laver certains jours. Ce qui faisait dire au père Didier :

« Bon Dieu qu'elle pue, la Josépha ! Aussi fort que toutes les vaches du village réunies ! »

On riait, car on savait bien que le père Didier, qui tirait sans cesse sur sa pipe depuis que son fils avait repris la ferme, exagérait. Fallait qu'il cause de sa voix arrachée au tréfonds de la terre ; fallait qu'il caresse ses interlocuteurs de ses yeux malicieux. Ce dont on était certain, c'est que la méchanceté n'avait aucune prise sur lui. Et s'il était au courant de tous les secrets de famille enfouis dans chaque maison du village, il n'en faisait jamais état. Tout au plus quelques sous-entendus ponctués de « Si vous le dites… »

C'est ainsi qu'il fut le premier au courant des amours de Margotte et Pierrot. Il vit ces deux-là encore innocents sous les mirabelliers puis sous le grand noyer qui rend fou... Il hocha la tête de gauche à droite et de droite à gauche.

Marchera pas, songea-t-il. Les vieux des deux familles vont s'en mêler, comme ce fut le cas avec la Toinette et le Léon qu'on a séparés et mariés contre leur gré.

Tout ça pour des histoires de vergers de mirabelliers, de titres de propriété égarés. Et la mairie incapable de trouver le bon emplacement sur le cadastre ! Du coup, on s'engueulait à qui mieux mieux quand on se croisait dans la rue Saint-Jacques les jours de marché.

« Vieux machin, je ne te dis pas bonjour.

— Moi non plus, vieille guenille. Garde ton bonjour pour toi, il me salirait. »

La guerre était venue, une parenthèse pour les anciennes querelles. Le village avait su faire fi de ses brouilles intestines pour mieux se protéger de l'invasion. L'ennemi avait osé dresser son campement en haut du vallon, à même la terre, derrière le rideau de sapins bleus. Des échanges de tirs avaient eu lieu. Une cheminée s'était couchée sur les tuiles, un toit s'était envolé. Il y avait eu plus grave quand des granges avaient été la proie des flammes. Alors la chaîne des seaux s'était mise en branle des heures durant jusqu'au tas de cendres fumantes. Jamais le moral n'avait manqué, grâce au tonneau qu'on vidait discrètement dans l'une ou l'autre cave.

« Ça fait du bien par où que ça passe.

— Encore un que les frisés n'auront pas. »

Après la guerre, le village, qui n'avait pas été épargné, avait eu du mal à se retrouver. Albert, René et Raymond, qui avaient voulu défendre leur curé, avaient payé de leur vie ; Gustave, Mimile et le jeune Désiré, fusillés pour l'exemple. Tous enterrés dans le carré des héros à l'ombre du drapeau bleu, blanc, rouge. Depuis, chaque 8 mai, fanfare en tête, sonnerie aux morts de circonstance, on fleurissait les héros après le discours du maire.

« C'est beau ! disaient les femmes du village, émues à en pleurer.

— Ma foi, oui, ça fait chaud au cœur, mais c'est pas ça qui nous rendra nos hommes et nos fils et comblera le vide près de la cheminée, couinait Reine.

— La guerre, c'est moche, une saleté sans nom », répétait Augustine, qui avait déjà connu la précédente.

On aurait pu croire que le retour à la paix apporterait à chacun un grain de sagesse, un peu de sérénité. La cicatrice des épreuves pouvait fort bien être un rempart à la sottise. Il n'en fut rien. Si l'hiver engourdissait le village sous l'épais manteau de neige et les gelées persistantes, avec le retour des hirondelles, les vieilles querelles renaissaient.

« Ce sera une année à mirabelles ! avait lancé la grand-mère de Pierrot.

— Parle pour toi qui m'as volé mes plus beaux arbres, avait répondu le grand-père de Margotte.

— N'en fais pas une maladie, c'est de l'histoire ancienne, on était encore au berceau que nos vieux se disputaient déjà... Je te donnerai quelques cageots bien remplis.

— M'en fous de tes cageots, ce que je veux, c'est la terre qui me revient. »

C'est en chapardant les mirabelles des parents de Pierrot, des mirabelles aux joues rouges et gorgées de soleil, qu'elle l'avait rencontré...

« La même que sa mère, gourmande et voleuse, mais bien troussée, avait-il gloussé en s'approchant avec Rex sur les talons. Eh ! Margotte, une mirabelle pour un baiser... »

Elle lui avait craché le noyau en plein visage avant de lui adresser un superbe pied de nez et de tourner les talons. Il l'avait rattrapée, plaquée au sol.

« Tu vas voir ce qu'on fait aux petites garces dans ton genre. J'ai dit une mirabelle pour un baiser. Tu as mangé la mirabelle, à moi le baiser.

— Pff... ! Plutôt crever... »

La bagarre n'avait pas duré bien longtemps sous le chaud soleil d'août. Margotte s'était rendue dans un délicieux trouble en fermant les yeux.

« T'es rien qu'une sale gamine ! Faut que je m'ensauve, avait-il jeté, dépité, tu serais du genre à m'enfiévrer et je crois bien la chose partagée... »

Elle lui avait ri au nez en se rajustant.

« On fait la paix, on se revoit, avait-il glissé doucement en promenant une main sur sa nuque chaude. Demain, après l'angélus, au noyer près du moulin… »

C'est là que le père Didier les avait vus pour la seconde fois. Au village, les anciens disent que le noyer du moulin rend fou… Une folie qui chauffe tellement le sang qu'il faut se dévêtir… Après, c'est la nuit qui pare de mystère les corps et les cœurs dénudés. En général, tout s'apaise devant le maire et le curé prêt à baptiser les beaux petiots à naître.

Pour Pierrot et Margotte, la folie ne fit que les frôler. Ils furent découverts avant de commettre l'irréparable, comme l'a affirmé le père Didier. On les chapitra durement et Margotte fut envoyée en pension, loin, très loin chez des bonnes sœurs réputées sévères. Elle pleura beaucoup et se consola, dit-on, dans les cahiers qu'elle noircissait. Il paraît qu'elle avait du talent. Un de ses professeurs connaissait du beau monde à Paris et on publia son premier roman, puis un autre et encore un autre.

Elle ne se maria pas. Pierrot non plus. Les deux familles pouvaient se réjouir. Quoique… Fille et fils uniques, les fermes ne seraient pas transmises. Mais à qui la faute ? On avait œuvré pour que ces deux-là se détestent, se haïssent jusqu'à la fin des temps…

Avant la mort du père, Margotte est revenue au village.

Si elle frise la quarantaine, son visage a gardé quelques traces d'enfant rebelle. Ce qui autorise les anciens à l'appeler Margotte, comme par le passé. Pourtant, c'est une dame à présent, une grande dame. On voit ça, dit le père Didier – qui le tient du facteur –, au courrier qu'elle reçoit. Pas seulement de Paris, de Londres, de Berlin... mais aussi de New York ou de Saint-Pétersbourg.

Et si elle salue tout le monde au village, même ceux qu'elle ne reconnaît pas, elle semble avoir changé. Distante ? Non, secrète. Toujours perdue dans ses pensées quand elle sort flanquée de Lili...

Lili, la fugueuse, trouvée trois ans auparavant alors que Margotte revenait du champ paternel. Le chagrin lui bouffait le cœur et l'âme, alors elle était sortie. Une promenade au hasard. Elle s'était hissée jusqu'à la vieille chapelle d'où la vue sur les Vosges griffe le cœur. Et puis, elle avait rejoint Bazincourt pour s'en revenir par le moulin en passant près du noyer, justement. C'est là qu'elle avait entendu la plainte de Lili. Lili prisonnière de taillis emmêlés de fil barbelé d'où elle ne pouvait s'extraire. La chienne, une petite bâtarde jaune avec des taches blanches, jeune encore et qui, avait estimé Margotte, n'appartenait sans doute à personne. La chienne avait des yeux qui suppliaient. Margotte l'avait emportée avec le désir de la faire sienne. Etait-ce une impression ? Margotte avait cru entendre Pierrot et les jappements de Rex dans le lointain.

« T'es rien qu'une sale gamine. Avant, tu volais nos mirabelles… On voit que t'as grandi, les mirabelles te suffisent plus, tu t'en prends aux cabots…

— Pauvre mec… »

Elle avait embrassé la chienne sur la truffe sèche. Signe que celle-ci était fiévreuse.

« Tu vas voir comme je vais t'aimer. Plus jamais on ne te fera du mal et je vais écrire le plus beau roman qui soit à l'encre de tes yeux, ma jolie. »

Et Margotte avait écrit, Lili couchée sur ses pieds. Le roman avait été un succès. Depuis, Lili était devenue sa mascotte, son porte-bonheur, sa muse…

Oui, mais voilà, depuis cinq jours, Lili a disparu… Elle la cherche du matin jusqu'au soir, et du soir à l'aube, en vain. Ses pas la conduisent sans cesse à la ferme de Pierrot qu'elle observe de loin. Elle est certaine qu'il la guette derrière les rideaux crochetés par Toinette, il y a plus de cinquante ans. Elle pourrait le jurer. Pierrot se venge du verger de mirabelliers qu'il a dû rendre à sa famille depuis qu'on a retrouvé les plans du cadastre d'avant la guerre, à la faveur de travaux effectués en mairie.

Tout cela, c'est une bien vieille histoire... Margotte a beau se traiter d'idiote égarée, elle s'en défend. C'est l'air du village, pense-t-elle. Je ne suis pas folle, c'est Pierrot qui est fou, Pierrot le fou ! Elle rit de sa trouvaille pour sombrer tout aussitôt dans une sorte de paranoïa. Oui, c'est lui qui m'a volé et peut-être tué Lili. Je vais retourner à la gendarmerie, insister, et alerter la SPA.

La chose s'ébruite au village. Margotte fait bien des histoires pour une petite bâtarde. On en parle même sur France 3. C'est vrai que l'actualité est plutôt au point mort. Les élections sont passées, il faut bien donner du croustillant aux téléspectateurs qui en redemandent. Mais de tels reportages qui jettent le doute sur les uns ou les autres ne font pas de la publicité au village classé. Or, celui-ci a besoin des recettes du tourisme.

— Et voilà Raoul, le fils de Germaine, cet âne de gendarme, glisse le père Didier, rangé aux dires de Margotte depuis qu'il a lu *Meurtre à Razaucourt.*

Le village a bien compris qu'il s'agissait de Bazincourt, le hameau d'à côté, et que Margotte réglait ainsi ses comptes avec son enfance, car Bazincourt, c'est la limite des terres de la famille de Pierrot...

Quand il passe à l'auberge, Raoul se hausse du col, se prend pour le commissaire Maigret. Il promet d'élucider « l'affaire », comme il dit. Il prend ses grands airs, énonce la chose en détachant chaque syllabe. Du coup, le père Didier rigole en tirant sur sa pipe. Il traite Raoul d'ambitieux au petit pied. Tout ça parce qu'il vise et les galons de la gendarmerie et la main de Margotte, qui est encore fille. C'est vrai que Raoul se verrait bien au bras de la belle à la mairie, puis à l'église rien que pour narguer Pierrot. Mais sur ce sujet, il doit se taire. Ce qui ne l'empêche pas de faire parfois son intéressant en posant son verre vide sur le comptoir.

— Ecoutez-moi...

Le verre est aussitôt rechargé de pinot gris par Jérôme, l'aubergiste dont le sourire se perd dans l'immense moustache.

— J'ai un scoop, continue Raoul la voix plus basse. Une perquisition générale aura lieu et, grâce aux analyses ADN et aux méthodes de la police scientifique, on trouvera forcément le ou les coupables.

— Tu causes trop, lui lance Jérôme en essuyant le zinc du comptoir, si tu révèles le plan de bataille, on a le temps de faire disparaître le chien et toutes les preuves.

— Et la pauvre Margotte ne reverra jamais sa Lili, soupire Julie, sa femme. Ce qui sera embêtant, car elle ne peut écrire que Lili à ses pieds.

— Faudrait faire une battue, glisse le père Didier.

— Une battue ! s'exclame Jérôme. Pour un chien !

— Oui, mais pas n'importe quel chien, la muse de l'écrivain, admet Raoul qui se range aux idées de Julie et du père Didier.

— Tu dates, mon pauvre Raoul, ronchonne Julie qui s'apprête à passer la serpillière à l'arrière de l'auberge. On dit écrivaine ou auteure. Faut quand même reconnaître aux femmes le droit d'exister, surtout face aux mecs machos. Et puis, Raoul, mets-toi bien dans la tête que, battue ou pas, chienne retrouvée ou non, Margotte ne te dira jamais oui. T'as qu'à lire *Une si longue attente* et tu comprendras qui elle espère.

Un sifflement s'élève du comptoir où le maire qui vient d'entrer s'est accoudé pour annoncer une battue dans le village et jusque sur les terres de Bazincourt.

— Même Pierrot est d'accord, tonne le maire.

— Et pour cause, susurre le père Didier.

Mais personne ne prête attention à sa remarque. Avec sa nonchalance habituelle, le père Didier range sa pipe maintenant éteinte dans la poche de son paletot avant de visser son chapeau sur son crâne blanchi. Et il sort de l'auberge pour se diriger vers la chapelle en haut du village. Le chemin s'y perd dans les vergers de mirabelliers et jusqu'au moulin près du grand noyer.

C'est là qu'on les a découverts. Margotte et Pierrot, contemplant Lili haletante, que ses quatre petits tètent goulûment. Le maire et Raoul en tête, suivis des autres gendarmes et des habitants du village, marquent l'arrêt.

— C'était donc toi, Pierrot !

— La voleuse, c'est moi, confesse Margotte. Il y a trois ans, sur le bord du chemin qui mène à la ferme de Pierrot, j'ai trouvé une chienne et je l'ai gardée sans me poser de question... Elle est devenue mienne et m'a aidée à écrire, surtout après la mort de mon père. Mais Lili est du genre fugueur...

— Disons qu'elle rentrait au bercail, corrige Pierrot.

— Et elle a disparu, il y a presque une semaine, au moment de mettre bas.

— Elle est seulement revenue chez moi pour faire ses petits, soupire Pierrot.

— Et pourquoi que t'as rien dit ? questionne Raoul.

— C'est sûrement un secret, leur secret, ricane le père Didier.

— Je voulais que Margotte vienne réclamer « ma » chienne, ici. Mais l'orgueil l'en a empêchée. Elle avait une dette... Sans vous, père Didier...

— Je t'aurais passé les menottes, gronde Raoul qui ne veut pas perdre la face.

— Et maintenant ? interroge le maire. On fait quoi ?

— On n'a plus qu'à s'en retourner, chacun chez soi, suggère le père Didier. Là-haut, la Mée doit exulter. Toinette et Léon de même. M'est avis qu'on devrait décamper au plus vite. Margotte et Pierrot sont près du grand noyer qui rend fou... Et la nuit tombera bientôt...

— J'aurai peut-être à officier d'ici peu, glisse à l'oreille du père Didier le maire, pas mécontent de la tournure des événements.

Le dernier mot de l'histoire n'est pas encore écrit, mais se perçoit dans le village quand le soir tombe. Si, si, je vous assure, tendez l'oreille... La paix a sa mélodie. Un souffle chaud et parfumé court dans la rue Saint-Jacques, du haut de la chapelle jusqu'à l'abreuvoir. Sont-ce les chiots qui dorment repus et paisibles contre le flanc de Lili, ou les mots d'amour et les baisers que Margotte et Pierrot s'offrent enfin entre deux mirabelles ? Margotte les cueille, les déguste. Peut-être écrira-t-elle cette histoire qu'elle vit enfin. A moins que, trop heureuse, elle ne range pour toujours ses cahiers. Allez savoir...

La bague émeraude de Charlotte Perrault

Reste le petit bouquet de roses pâles à disposer au centre de la table et tout sera prêt pour le repas. Mathilde, ma belle-mère, arrivera pour le déjeuner et passera quelques jours de vacances dans notre maison du Vexin. Il ne faut pas la décevoir.

« Surtout pas », a dit Jean, mon cher époux, qui ne veut pas d'histoires avec sa mère.

Mathilde fait partie d'une catégorie de belles-mères « en voie de disparition ». Maîtresse femme à qui rien ne résiste, moraliste, bref, un rien enquiquineuse, mais généreuse, affirme-t-elle. On trouve toujours sa porte ouverte quand on a besoin d'elle... Cela reste encore à prouver. Car sa porte ne s'ouvre qu'à celles et ceux qui le méritent, c'est-à-dire à celles et ceux qui se soumettent à son bon vouloir, à sa façon de voir et de penser. L'autre jour, au téléphone, elle a tenu à me rassurer. Je mérite son aide. Ouf ! « Je passerai quelques jours auprès de vous, ma petite, et si vous avez besoin d'un coup de main pour l'aménagement de votre maison, vous savez bien que vous pourrez compter sur moi. Je persiste à penser que si mon idiot de fils avait cherché du travail en Lorraine, il eût pu en trouver... »

Pour savoir, je sais. L'expérience m'a appris qu'il est préférable de se passer des services de madame mère – elle déteste quand je l'appelle ainsi pour lui tenir, comme elle dit, la dragée haute – si l'on ne veut pas se retrouver dans une maison agencée selon ses goûts à elle. Elle éprouve toujours l'impérieux besoin d'aller acheter ce qui manque. Or, ce qui manque, selon ses critères, ne manque pas selon ceux de Jean et de moi-même. L'absence de tel ou tel objet est souvent un choix. Nous estimons n'avoir pas besoin de nous encombrer inutilement. Les principes bourgeois de Mathilde s'en trouvent bouleversés. Et madame mère offensée. Elle ne résiste pas et s'empresse de pallier les manques, de réparer.

« Jean n'a pas de chance avec Christine... Christine est gentille, mais tellement artiste et tête en l'air avec ses peintures ou ses textes », soupire-t-elle à l'envi.

« Voyons, Christine, une table sans porte-bouteille, sans de jolis anneaux de serviette finement ciselés en argent, sans porte-couteau... »

A chaque visite, Mathilde, et c'est un art, dresse méthodiquement l'inventaire des objets indispensables à notre bien-être et, plus grave, à notre rang. Et elle s'empresse tout aussitôt de rattraper les distractions et omissions de sa belle-fille égarée en quelque nuage artistique. Les départs de Mathilde provoquent toujours des tensions entre Jean et moi.

« Mais que va-t-on faire de tout cela ? Tu as vu ce bougeoir ?

— Laid.

— Et cette corbeille à pain ?

— Moche, très moche, jette-la.

— Tu exagères un peu. C'est parce qu'elle vient de maman que tu dis cela...

— Ta mère !!!

— Ne t'inquiète pas, admet finalement Jean, qui préfère adopter une attitude conciliante, il suffit de les remiser et de les ressortir quand elle reviendra. »

Cette manière de procéder, cet état d'esprit nécessitent une organisation rigoureuse que je n'ai pas forcément. Il est impératif de dresser la liste des objets remisés afin de les remettre en place à l'arrivée de belle-maman, Mathilde, l'adoraaaable madame mère.

Il semble que rien ne manque, ni les bougeoirs, ni la pendulette sur la cheminée, ni l'horrible peinture poussiéreuse d'une fermette vosgienne presque en ruine, héritée d'un oncle gazé à la guerre de 14-18 et que, généreusement, elle nous a léguée peu après notre mariage. Elle voulait offrir quelque chose d'elle pour nous prouver son attachement. J'ai joué le jeu. Je me suis égarée dans des remerciements éprouvants qui m'ont anéantie. Jean connaît sa mère. Il n'est pas si sûr des bonnes intentions de Mathilde.

« Un tantinet roublarde. Elle se débarrasse à bon compte et rit secrètement du bon tour qu'elle t'a joué. »

Avec les ans, j'essaie bien, quant à moi, de ne voir que l'aspect généreux de cette belle-mère. Attitude qui finit par amuser mon cher époux.

Rien ne manque sur cette table dressée. La nappe de damas blanc est parfaitement amidonnée. Le service en porcelaine de Limoges s'épanouit (tant pis pour le Lunéville que je n'ai pas ressorti). Les verres de cristal de Baccarat étincellent, l'argenterie a été astiquée et brille avec arrogance. Mathilde peut faire son entrée, se déclarer exténuée. Le Vexin, c'est le bout du monde pour une Lorraine.

Rien ne manque. Me voici rassurée. Enfin, presque. Si, si. Tout est parfait. Sauf... ma bague émeraude, absente de mon annulaire droit. Personne ne sait encore que je l'ai perdue. Pas même Jean. Je l'ai perdue et j'en suis chagrinée. Je ne vais pas le nier. Je suis fort embarrassée, non pour les réflexions qui ne manqueront pas de fuser de la part de belle-maman. Je me moque éperdument de ce qu'elle pourra dire. Enfin... ses propos ne devraient pas m'atteindre, mais je sais bien que je suis touchée bien plus que je ne le voudrais.

Blessée déjà, parce que cette bague émeraude m'a liée à jamais à Charlotte…

Mais où ai-je pu la fourrer ? Je la cherche depuis ce matin. Je suis bien certaine que, pas plus tard qu'hier, elle était encore à mon doigt. Il ne se passe pas de jour sans que je l'effleure. Je la caresse et ce geste furtif a le pouvoir de m'aider, de m'inspirer. Tout va pour le mieux dans ce monde troublé, car Charlotte est là, qui veille. Ah, Charlotte !

Cependant, je me refuse encore à croire qu'elle ait pu me jouer un bon tour en cachant cette bague quelque part. Et surtout, je ne veux pas m'adresser à elle, lui demander quoi que ce soit…

Cette bague émeraude, vous l'avez compris, a autant d'importance que ma bague de fiançailles. Elle eût pu être ce bijou, début de la promesse d'amour, car c'est un bijou de famille. Mais pour nos fiançailles Jean a préféré rompre avec la tradition et m'offrir de ses propres deniers un magnifique diamant qui a dû lui coûter une fortune.

« Un diamant, c'est éternel, comme l'amour qui nous unit », a-t-il dit en prenant ma main pour la parer.

Alors, cette émeraude ?

Sans être superstitieuse, j'y tiens plus qu'à la prunelle de mes yeux, à laquelle elle s'accorde, paraît-il. Cette bague a son histoire et a fait de moi *la choisie* de Jean selon les vœux de Charlotte, sa grand-mère.

Charlotte ! Un petit bout de femme comme il n'en existe pas deux. Charlotte digne de figurer dans les pages d'un livre qui survivrait aux siens.

« Cette bague que je te donne, ma petite Christine, sera le signe que tu fais désormais partie de *ma* famille. Bienvenue chez nous ! »

Je n'ai jamais oublié cette présentation officielle au Moulin de Bellecourt. Ce jour résonne encore dans mon cœur avec autant de grâce et d'intensité que lorsque Jean m'a volé un baiser au cours d'une randonnée entre copains non loin de Saint-Dié. Un baiser derrière un immense sapin dont la voilure faisait un écran au trouble qui me gagnait et figeait pour toujours Jean dans mon cœur.

Par la grâce de Charlotte surtout – Mathilde avait d'autres vues pour son fils –, je suis donc devenue une Perrault. Charlotte avait encore son mot à dire, il y a vingt ans. Et elle avait tenu à exprimer sa joie. Le choix de Jean était le sien. Le meilleur, affirmait-elle. Le choix heureux, elle sentait cela.

« La colombe m'a parlé en songe », rigolait-elle avec malice.

Lorsque je me suis trouvée devant Charlotte, elle m'a aimée au premier coup d'œil. Je le sais. J'ai perçu son regard jusque sur ma peau. Une onde impossible à décrire irisait chaque fibre et parcourait mon corps des pieds au cœur et fouillait mon âme. Oui, j'ai su ce que ressentait Charlotte, et bien plus encore.

« Tu es la petite-fille de Gisèle… Je le vois à tes yeux. »

Elle a dit que j'avais les yeux vert émeraude, comme ceux de Gisèle, son amie de toujours. Sans doute parce que Gisèle et elle appartenaient à la même terre, celle des coteaux de Meuse.

« Nous habitions de part et d'autre de la Voie sacrée entre Bar-le-Duc et Verdun. Que Jean t'ait choisie, c'est le clin d'œil du bon Dieu, avait-elle ajouté à voix basse, rien que pour moi. Un jour, je te dirai… »

Alors, elle a demandé à Mathilde, sa fille, de lui apporter son coffret d'ébène posé sur la commode de noyer entre deux chandeliers. Mathilde a obéi, de mauvaise grâce je dois dire, car elle a bousculé l'un des chandeliers. Elle pestait intérieurement, cela se voyait, tandis que Charlotte avait les yeux qui s'emplissaient de malice.

De la poche de son tablier de dentelle qui ne la quittait plus – elle y rangeait lunettes, ciseaux et bobines de fil depuis qu'elle peinait un peu pour marcher –, Charlotte a extrait une petite clé enfilée sur un joli ruban grenat. J'ai vu les belles mains de Charlotte s'en saisir, avec gourmandise, s'y reprendre à deux fois avant de parvenir à ouvrir le coffret. Ses longs doigts, fins et non encore noueux comme le sont parfois ceux des vieillards, ont extrait une bague émeraude. Un vert magnifique, sombre et élégant, qui m'a brûlé le regard jusqu'à l'âme.

« Cette pierre va à tes yeux, ma petite Christine. Donne-moi ta main. »

Pourquoi ai-je tendu ma main droite ?

« Tu as raison, la gauche sera celle des fiançailles et du mariage. La droite sera le signe que tu es des nôtres », affirma-t-elle mystérieusement avant d'éclater de rire.

J'entends encore ce rire de petite fille moqueuse qui a agacé Mathilde, laquelle n'en finissait pas de tousser pour marquer sa désapprobation.

« Quelle merveille ! s'est écriée Charlotte. Cette bague lui va à ravir. Voyez, vous tous qui êtes là ! Cette bague a été faite pour elle. Mon Dieu, que vous êtes bon ! J'en suis fort aise. Jean, mon petit, je suis certaine que tu as fait le bon choix. »

Elle a encore ri. Son rire courait dans la pièce comme un vent frais par-dessus les herbes bordant une cascade nichée au creux de la forêt d'Argonne.

« N'est-ce pas, mamie ? » a souligné Jean, les yeux brillants de plaisir, en me serrant contre lui.

Cherchait-il une approbation qu'il n'avait peut-être pas rencontrée chez ses parents ?

« Tu vas vivre une grande histoire, a prédit Charlotte.

— C'est déjà commencé, mamie.

— Je confirme, moi, Charlotte Perrault... J'ai ce pouvoir, tu le sais bien, mon petit Jeannot. »

Charlotte Perrault avait été institutrice et l'on disait qu'elle avait le don du bonheur. Ses élèves ne devaient jamais oublier cette institutrice hors pair qui connaissait tous les contes et n'achevait jamais un jour de classe sans se lancer dans *la belle histoire*, celle qui calmait le plus turbulent des enfants.

« Quand on s'appelle Perrault… » riait-elle.

En retraite, Charlotte continuait de raconter des histoires. Les classiques, celles que personne n'ignorait et auxquelles elle ajoutait avec un évident plaisir d'autres plus secrètes, plus mystérieuses. Celles qui vous donnent le cœur battant avant le passage du marchand de sable. Ces histoires-là, elle les inventait et les consignait dans un immense registre rouge et or chaque soir avant de s'endormir, quand son grand aïeul Charles la visitait, disait-elle en fronçant le nez.

La vie de Charlotte était un conte…

Je me souviens bien de Charlotte… J'étais déjà une petite fille assoiffée de beau et de merveilleux et elle passait encore dans les écoles pour seconder bénévolement les jeunes institutrices. Elle venait pour l'heure du conte. Dans ma tête d'enfant, Charlotte était apparentée à Charles Perrault.

Charlotte Perrault et ses contes, disait-on dans la région… D'ailleurs, je me demande si l'attirance que j'ai eue pour Jean n'est pas née au cours de ces années. Jean et moi étions dans la même classe de maternelle. Je l'enviais vraiment d'avoir une telle grand-mère, moi qui rêvais les miennes, déjà enfouies sous le marbre et le granit. Une mamie conteuse... Une mamie à histoires.

Puis la vie nous a séparés. Le hasard des études nous a remis en présence l'un de l'autre. Jean étudiait la médecine, tandis que je faisais lettres.

Forcément lettres pour m'approprier la langue, pour écrire, pour dire, pour enchanter ou chercher la vérité. L'étude de la langue et des textes me laissait un peu de temps – du moins, je savais le prendre – pour peindre. Un besoin vital pour moi que celui d'utiliser des pinceaux pour exprimer la couleur et la lumière des mots. Les pinceaux capables de venir au secours de mes créations...

Très vite, je compris l'esprit de Charlotte, la conteuse.

« Les contes, disait-elle aux plus grands des élèves qu'elle rencontrait, ont ce pouvoir : ouvrir toutes les portes... »

Reste que, pour l'instant, la porte d'entrée de notre maison va s'ouvrir, et que ma belle-mère, qui n'a pas le charisme de Charlotte, va surgir... Elle ne mettra pas dix minutes avant de s'apercevoir que l'émeraude n'est plus à mon annulaire droit. Je l'entends déjà :

« Ciel, ma fille ! Vous avez perdu la bague que maman n'a jamais voulu me donner parce que je n'ai pas les yeux étranges de Gisèle. »

« Garde-la toujours, elle est un peu magique », avait susurré Charlotte en prenant ma main droite qu'elle tapotait affectueusement dans les siennes.

Si je ne retrouve pas cette bague, tout va aller à vau-l'eau ! Ces vacances avec Mathilde, le bac de Damien, notre aîné, notre couple. C'est cela, nous allons divorcer, je le sens, je le pressens. Jean va me dire qu'il en aime une autre, une patiente qu'il a prise en pitié... Qui dois-je invoquer, prier ? Dieu ou Charlotte ? Je me frappe le front pour retrouver la raison. Suis-je donc aussi stupide ?

Je noircis évidemment le tableau en promenant mon regard dans toutes les pièces, sur tous les meubles, en fouillant tous les tiroirs. Mais rien, rien de rien. La bague émeraude est introuvable. Ma main est nue et j'en ressens un étrange frisson au moment où la clochette du portail tinte, sinistre pour moi. Madame mère arrive. Jean est allé la cueillir à la descente du train, gare de l'Est.

Les enfants accourent, l'agrippent, l'embrassent, la harcèlent de questions, la mènent à sa chambre, puis à la leur. Je leur ai demandé de s'occuper de leur mamie pendant que je veillais aux derniers préparatifs dans la cuisine.

Même Butor, le chien, un corniaud tout ce qu'il y a de plus attendrissant qui tient à la fois du pointer et du labrador qui auraient flirté avec un griffon de haute taille, se manifeste joyeusement. Pauvre bête ! Ridicule, ce nom : Butor. J'ai parfois honte quand je le promène et que je dois le rappeler, s'il s'éloigne.

« Butor ! Butor ! » dois-je crier.

Le nom provoque parfois des rires, surtout de la part de personnes plus âgées qui connaissent les différentes significations de « butor » : un taureau, un héron dont le cri ressemble à celui du taureau ou alors un homme très grossier.

Butor ! Quelle idée ! C'est tout Damien, ça ! Affubler ce pauvre chien d'un nom idiot rien que pour agacer sa grand-mère, pas assez dans le coup, pas vraiment cool, selon lui, un peu trop bourge, la mamie.

De toute façon, Butor le chien aime son nom. Il a jappé avec entrain dès que Damien l'a appelé ainsi.

« Butor, ça sonne bien, ça claque, ça pète », disent les enfants.

Passons pour Butor. Mais ma bague émeraude... Elle est toujours manquante. Je n'ose même plus penser à Charlotte.

— Chère Christine, merci de m'accueillir dans votre nouvelle demeure. C'est charmant, le Vexin. Presque la douceur de la Meuse. Je sens que nous allons passer des jours inoubliables. Que puis-je faire pour vous aider ?

Mais qu'elle se taise, qu'elle se repose ! A quel âge devient-on impotent ? Madame mère assure que la jeunesse de sa tête se répercute dans tout son corps. Je vois, je vois. Tant mieux pour elle ! Tant pis pour moi, hélas ! Je l'aimerais davantage assise dans le voltaire près de la cheminée, à lire, à broder, à tricoter, à regarder la télévision, à faire tout ce qu'elle veut, sauf m'aider et passer en revue une maison pas encore organisée. C'est-à-dire joyeusement désorganisée. Ce qui n'est pas vraiment ce qu'il faut pour la profession de son fils, un médecin. Voilà où le bât blesse. Mathilde semble n'être née que pour organiser la vie. La sienne et celle des autres. Organiser, oui. Et dans les moindres détails, avec le souci du qu'en-dira-t-on. Pour que, justement, on n'en dise rien. Chez Mathilde, ce qui prime, c'est le paraître. Tout un art. Il faut coller à son rang. Mais qu'est-ce que le rang ? Ni Jean ni moi-même ne nourrissons ce genre de souci. Charlotte ne devait guère s'en préoccuper plus que nous, elle qui s'attachait à répéter les contes pour que l'on comprenne que toute la vie s'y trouvait, affirmait-elle, comme le plus beau des bouquets.

Oh, douce et tendre Charlotte, comme je voudrais que vous fussiez encore des nôtres ! Par votre seule présence, la bague réapparaîtrait, regagnerait mon doigt, ou le coffret d'ébène que Mathilde m'a donné – quelle générosité ! Cette fois, ma raison défaille...

Nous en sommes au plat de résistance. Et j'ai senti glisser le regard de Mathilde sur ma main. Si, si, c'est vrai. J'en frémis. Car, si j'ai vu, c'est que, forcément, elle aussi a vu.

— Mon Dieu ! Christine, votre bague...

Patatras ! Voilà les ennuis qui commencent. Impossible de lui dire par exemple : je l'ai ôtée pour cuisiner et je vais aller la remettre à l'occasion. Cette explication en vaudrait bien une autre et serait, en tout cas, parfaitement plausible. Mais le ton de la remarque, le stress, l'angoisse accumulée font qu'il m'est impossible de mentir. Mathilde m'a confondue. Je m'embrouille lamentablement et rougis telle une petite fille. Damien jette un œil à ses sœurs et je vois mes trois chéris plonger le nez dans leur assiette sans piper mot.

— Vous l'avez perdue ? Ou vendue pour quelques sous ?

— Maman, je t'en prie, intervient Jean, choqué.

Oh, merci à toi, l'homme de ma vie ! C'est fou ce que cela fait du bien quand le chevalier vole au secours de sa princesse outragée. Oh, que j'aime ce chevalier ! Mille pardons pour avoir douté de toi tout à l'heure, cher amour.

— Charlotte aurait tellement de peine, ma petite Christine. Vous n'avez pas veillé sur son trésor. Cette bague lui a été offerte par son premier fiancé.

Charlotte ! C'est Mathilde qui en parle, mais pour me culpabiliser.

Devant mon air ahuri, Mathilde croit bon de préciser :

— Celui qui est mort en 1918. Charlotte disait que cette bague était la bague de l'amour. Vous le saviez, bien sûr ?

Non, je ne savais pas. Charlotte s'apprêtait à me faire quelque confidence la dernière fois que nous nous sommes revues, peu après la naissance de

Damien, quand je ne sais plus quelle catastrophe s'est abattue sur le village. A présent, je me rappelle le père Jules entré prestement au Moulin de Bellecourt, hors de lui, complètement affolé. On avait découvert un cadavre...

Un cadavre !

La vieille Marie en avait lâché la soupière de Lunéville.

« Oui, mesdames, un cadavre... un cadavre... de sanglier. Vous vous souvenez de Gus, le petit qu'on avait nourri et élevé parce qu'une espèce de zigoto avait tiré sur la mère. On avait relâché Gus, qui s'était réacclimaté à la forêt, nous faisant parfois une petite visite de courtoisie à la ferme quand l'hiver était trop long. »

Ouf, il ne s'agissait pas d'un humain ! Mais vu l'état du père Jules, on aurait pu le croire. Il est vrai que Gus avait pris une place dans le cœur de Jules et des siens. Mathilde avait quand même froncé les sourcils. Sa belle soupière gisait sur le carrelage brun et la soupe s'étalait fumante parmi les morceaux épars. La conversation avait alors dévié, et du secret d'amour de Charlotte, je n'avais rien su ce jour-là.

Quand je l'ai revue, seule, beaucoup plus tard, c'était sur son lit de mort, après une vie bien remplie, riche de contes et de merveilleux. Une vie passée à semer le bonheur.

— Mais qui était le premier fiancé ? demande Jean pour faire diversion, tandis que je découpe le gigot.

— Voici toute l'histoire, soupire Mathilde. Le premier fiancé de maman, fut... un grand-oncle de Christine, le frère de Gisèle. Eh oui, mes enfants, vous étiez faits pour vous rencontrer et vous unir. (Elle n'a pas toujours dit cela, madame mère.) Adrien Grandcolas était fou amoureux de ma mère. Aux derniers jours de la guerre, Adrien fut tué sur le front, un 30 octobre, quelques jours avant son mariage avec Charlotte. J'en ai encore le frisson.

Et moi donc ! Je n'ai jamais eu connaissance de cette histoire. Il est vrai que je n'ai pas connu ma grand-mère, Gisèle, l'amie d'enfance de Charlotte, qui a eu la très mauvaise idée de mourir en mettant mon père au monde.

Je comprends à présent le pourquoi du don de Charlotte. J'ai hérité, dit-on, des yeux verts de ma grand-mère. Sans doute ce grand-oncle les avait-il aussi. D'où cet empressement de Charlotte auprès de moi, lorsque Jean m'a introduite au Moulin de Bellecourt.

Soudain, l'absence de la bague à mon doigt m'est blessure douloureuse. Je la ressens le long du bras et jusqu'au cœur.

Voici le temps du dessert. Il ne passera pas. Je ne parviendrai pas à avaler une seule bouchée de cette forêt-noire que j'ai pâtissée dans les règles de l'art. Trois biscuits superposés reliés par des couches de crème au chocolat parfumées au kirsch et arrosées de crème Chantilly plantée de cerises. Non, ce ne sera pas possible. Mathilde se veut magnanime et tente de m'aider, dit-elle, en m'obligeant à me souvenir de tous mes faits et gestes depuis deux jours. J'ai envie de hurler, ou de claquer la porte derrière moi. Que tout ce petit monde se débrouille ! Soit, je ne suis bonne à rien, j'ai perdu l'émeraude du bonheur et elle va donc me porter malheur. C'est du reste ce qu'insinue Mathilde, la perfide madame mère.

Il serait temps que Charlotte remette un peu d'ordre dans l'esprit de sa fille.

S'il vous plaît, Charlotte...

Le gâteau est coupé, et Butor, le plus gourmand de la tribu, assis sur son derrière au bout de la table, prend des airs de chien battu, pleurniche même.

— Voilà qu'il entonne l'air du « ne m'oubliez pas », s'esclaffe Virginie.

— Après ce qu'il a fait, renchérit Marion, la benjamine, il n'aura rien, on l'a prévenu.

— Il a fait quoi ? questionne soudain Jean.

— On ne peut pas te le dire, confesse Damien. On lui a promis de ne pas cafter, tant que mamie serait là.

— Dois-je m'en aller ? rugit madame mère.

— Bien sûr que non, vous connaissez nos enfants. Ils sont de leur époque, un peu farceurs, dis-je.

Maintenant, j'y suis. Je prie Charlotte, la conteuse du bonheur, de m'ouvrir son cœur, son esprit, ses tiroirs secrets, les pages de son album rouge et or et de nous inspirer, sinon ce repas va être le début de la fin.

— Je devrais être là plus souvent. Il y a du laisser-aller, reprend Mathilde avec une superbe humiliante pour moi.

— Mon Dieu, gémit Jean, devenu très pâle, en portant une main à sa bouche.

Je mettrais ma main au feu qu'elle ne brûlerait pas. Jean a dû avaler sa couronne, peut-être même son bridge...

C'est alors que j'ai une illumination et j'éclate de rire. Du même rire que Charlotte. Je pense à la bague émeraude. Je fixe les enfants et Butor, qui abaisse piteusement la truffe... Je me souviens que la veille, avant de préparer ce gâteau, j'ai ôté ma bague et l'ai posée sur le plan de travail. Virginie l'avait essayée... Butor jouait au cerbère devant la porte, espérant quelque sucrerie... Le téléphone avait sonné. Une urgence pour Jean. Et j'étais revenue terminer cette forêt-noire.

— Qui a caché ma bague ? Il me faut le fin mot de cette histoire.

— Butor ! s'écrie Marion. C'est lui, c'est rien que sa faute, complètement sa faute.

— Mais qu'a-t-il fait ? demande Mathilde.

— On zouait avec lui et avec la bague, que Virzinie laissait tomber de son doigt pendant que maman notait la visite pour papa et...

Marion explique en agitant son index, zézaiement à l'appui, le jeu dans la cuisine, non loin des préparations pâtissières.

— Au dernier « tomber de bague », Butor l'a mal rattrapée, semble-t-il, il l'aura avalée, déclare Virginie, fataliste, avec un calme désarmant.

— Il l'aura quoi ?

J'en suffoque. Je tousse. Je vais me trouver mal. Charlotte, je vous en prie... Je la supplie du fond de mon cœur.

— Avalée, maman. Bouffée, quoi ! ajoute Damien. Remarque, il a passé une bonne nuit. Pas de péritonite en vue. On surveillera ses crottes... On va bien la retrouver, ton émeraude.

— Cela m'étonnerait, coupe Jean qui, après avoir quitté la table pour gagner la cuisine, revient les joues ombrées de mystère et en tenant sa main droite en forme de coupe.

— Quoi, cela t'étonnerait ? interroge Damien. Tu adores jouer au rabat-joie. L'optimisme et toi ! Fais gaffe, p'pa, tu vas perdre ta clientèle, si tu joues au toubib triste.

— Charlotte a fait un miracle, dit calmement Jean en prenant ma main. Chérie, tu as dû la prier comme tu sais parfois le faire. Par cette bague, je te redis que je t'aime...

— Pour touzours, applaudit Marion.

— Butor a certes été maladroit, mais pas au point d'avaler la bague. D'un coup de museau, l'émeraude a sans doute été propulsée dans le gâteau... La crème a amorti le choc.

Finalement, Mathilde éclate de rire. Jean m'embrasse, les enfants aussi. Secrètement, je remercie Charlotte et lui promets qu'à partir de ce jour jamais plus je ne douterai un seul instant de sa parenté avec Charles Perrault. Comment pourrait-il en être autrement ?

D'ailleurs, il semble bien que, dans le jardin, alors que le temps est splendide, le vent se soit levé et souffle, souffle un bref instant. Les rosiers se courbent. Puis, très vite, tout redevient normal.

— Charlotte n'est pas passée loin, dit Jean en m'attirant à lui et en effleurant ma bague émeraude de ses lèvres.

Maryam et les sirènes

— Maryam, que fais-tu ? Cesse de rêver ! As-tu au moins révisé ta leçon au lieu de regarder le fleuve ?

Maryam hausse les épaules. Sa grand-mère, la sage Manga, a le don de l'agacer. De l'école, Maryam sait déjà beaucoup. Elle a lu tous les livres de la bibliothèque. Ses préférés sont ceux qui lui ont permis de rencontrer les hommes et les femmes du monde entier dans des pays qu'elle ne peut visiter qu'en rêve.

Là-bas, loin, très loin des palmiers, des cocotiers et de la savane, sont des pays extraordinaires. Il est écrit que le soleil n'y brille pas sans cesse. Qu'il y fait très froid... Pour évoquer la couleur du ciel et les rayons du soleil, on y parle de saisons. Il y en a plusieurs chaque année, qui font venir la pluie, pousser le blé et le maïs, mûrir les fruits et tomber la neige...

Ah ! La neige... Une sorte de coton blanc léger, si léger mais mouillé, qui se dépose partout après avoir tourbillonné dans les airs. C'est la valse des flocons qui pare toute chose de féerie. Un instant magique que le moindre rayon de soleil peut faire disparaître en un clin d'œil.

Sur le bout du doigt est un flocon scintillant...
Sur le bout du doigt fond une perle de neige...

Là-bas, loin, très loin, les femmes et les petites filles ne sont jamais astreintes à la corvée d'eau.

C'est là-bas qu'est partie sa mère à la mort de son père. Là-bas qu'elle a travaillé pour envoyer parfois de l'argent à Manga...

Maryam imagine la vie dans ces pays où les maisons sont si hautes qu'elles griffent le ciel. Sans oublier les nombreux magasins si richement approvisionnés. Des magasins plus chics et qui offrent, pense-t-elle, un choix incomparable de tissus, bien plus, en tout cas, que le marché de la ville la plus proche, à cinq heures de marche, d'où elle revient épuisée et les pieds meurtris. Maryam a lu tant de livres, consulté les atlas avant de se régaler d'histoires de petites filles pauvres, de princesses malheureuses qu'un prince généreux emporte presque toujours sur son cheval pour un éternel bonheur.

Elle sait, Maryam, qu'un jour elle vivra là-bas, loin, très loin, c'est-à-dire au nord de la planète, là où se déroulent les plus belles histoires lues et relues dans un enchantement sans cesse renouvelé à mesure qu'elle tourne les pages des livres peignant ce pays que l'hiver fige de blanc.

Maryam se voit dans ce pays d'hiver. Quand elle se confie à sa grand-mère, celle-ci se moque un peu :

— Tu auras froid et tu seras malade. Et puis le fleuve te manquera et tu pleureras comme ta mère l'a fait si souvent avant de se taire pour toujours...

— Là-bas, loin, très loin, il y a la mer, se murmure doucement Maryam, le regard perdu. Une mer étincelante comme de l'argent...

Elle sait, Maryam, que l'eau de cette mer est froide. C'est écrit dans les livres, mais dans ces mers règne le mystère. Un mystère sans monstre, sans crocodile sournois faisant semblant de dormir dans les eaux boueuses du bras maudit du fleuve où il est interdit de s'aventurer. Elle peut nommer chaque pêcheur qui s'y est égaré et l'a payé de sa vie ou a perdu un membre. C'est arrivé au pauvre Doubo, qui a laissé une jambe au Dévoreur, comme il le nomme. Le Dévoreur le guettait au bord du bras maudit. Doubo espérait remplir son filet de poissons rares qu'il aurait vendus au marché. Il imaginait le choc des pièces dans le petit sac qui ne quitte jamais ses hanches. Le Dévoreur est un sournois. Sans le docteur de la mission qui a entendu son cri par-dessus ceux de la lionne aux abois, Doubo ne serait plus.

Maintenant, il se traîne dans le village, appuyé sur ses béquilles en attendant la jambe de bois qu'on lui attachera du bas du tronc au nombril, quand les chairs seront suffisamment saines et fortes pour supporter le frottement de la jambe artificielle.

Là-bas, loin, très loin, il fait bien trop froid pour que les crocodiles hantent le bord des fleuves. Maryam n'a retenu qu'une chose de ses lectures : les mers de ce pays d'hiver abritent d'étranges créatures. Ce sont des jeunes filles immensément belles au corps de femme jusqu'à la taille, mais dont les jambes sont remplacées par une queue de poisson. On les appelle des sirènes. Personne ne peut résister à leur chant. Il faut donc être prudent quand on les rencontre. Parfois, elles guident les marins égarés en mer et ceux-ci ne doivent jamais les oublier. Faute de quoi, elles peuvent se venger et les conduire sur des récifs avant de les emporter au château de la sorcière qui gît au fond des océans.

Maryam se souvient de mille histoires et les mélange dans sa tête. Elle a lu celle, si pathétique, de la Petite Sirène et a beaucoup pleuré quand le prince qu'elle a sauvé ne l'a pas reconnue. Quel homme stupide, aveuglé par l'ingratitude et qui va épouser une autre jeune femme, qu'il confond avec cette petite sirène ! Peut-on donc se méprendre et ne pas reconnaître le visage de l'amour pur ? Faut-il être à ce point niais pour n'avoir rien compris au courage de la Petite Sirène qui offrait ce qu'elle avait de plus cher, c'est-à-dire sa voix, afin de devenir une jeune fille humaine ? Un don précieux. Elle a risqué la mort pour avoir désiré des jambes afin de danser avec son prince. Mais tout se paie...

La sorcière des mers l'avait prévenue...

Si, à la place de la queue de poisson, deux jolies jambes lui venaient, la Petite Sirène perdrait sa voix. Mais qu'est-ce qu'une voix ? Un chant, une douce caresse qui se mêle à la brise comme à l'ouragan pour donner le frisson à l'être aimé ? Tout cela, la Petite Sirène l'avait ressenti, mais trop tard. Pourquoi le prince n'avait-il pas pris le temps de la contempler, de chercher dans son regard les étoiles qui parlent ? Il aurait alors perçu l'immense amour de la jeune fille, reconnu celle qui lui avait sauvé la vie un soir de tempête. C'est elle qu'il devait épouser, pas l'autre jeune fille. Les hommes sont bien sots quand il s'agit de tendre l'oreille aux choses du cœur.

Maryam en parle avec Manga, qui demeure pensive avant de lui répondre :

— Tu n'as pas tort. Mais ton cœur est encore innocent. C'est plus compliqué que cela. Dans cette histoire, ce prince est ému. Il est sans doute amoureux de sa jolie muette, mais une partie de l'histoire lui échappe parce que, dans un couple, il y en a toujours un des deux qui aime plus que l'autre. Ici, c'est la Petite Sirène qui aime le plus.

— Donc, c'est elle qui souffre le plus.

— Oui, Maryam. Mais souffrir à cause de l'amour, c'est encore aimer et elle paraît s'en contenter.

— Peut-être qu'elle garde l'espoir d'être reconnue ?

Manga devine Maryam égarée et elle prend soudain peur. Elle doit trouver les mots de la raison. Les mots qui vont garder sa petite-fille dans la vie. Sinon il va lui pousser des idées étranges, comme c'est arrivé à sa mère.

— Maryam, ma douce, ma toute petite, dans ce conte que j'ai lu moi aussi quand j'allais à l'école, il y a une autre morale. Ecoute-moi...

— Je t'écoute, grand-mère.

— Les sirènes jouent avec les hommes et les séduisent, mais elles ne peuvent se faire aimer d'eux. Trop de différences les séparent. Les sirènes sont filles de l'eau. Les hommes ont leurs racines dans la terre. Ils ne sont pas du même pays et ne parlent pas la même langue. La lionne ne se mariera jamais avec l'éléphant ou le léopard.

— Mais la Petite Sirène est devenue une jeune femme. Elle a payé et souffert pour le devenir.

— Certes, mais rien n'est possible entre eux, car son prince n'a pas le cœur assez grand.

— Alors, que reste-t-il à cette petite sirène muette ? Le rêve ?

— Bien sûr, Maryam. Mais si rêver aide à vivre, trop de rêves mange la vie.

Maryam regarde longuement Manga avant de baisser les yeux. Une bouffée de rage l'envahit, mais elle se ravise. Elle sait bien que Manga lit toujours dans son cœur et dans son âme. Qu'elle est la sagesse incarnée. Mais qu'au nom de cette sagesse Manga va la ficeler sur cette terre brune, craquelée, qui gémit souvent sous le manque d'eau.

Ça ne fait rien, songe-t-elle dans un soupir silencieux, j'irai quand même dans ce pays d'hiver, là-bas, loin, très loin. Il faut que je le voie de mes yeux, que je le respire, que je le sente sur tout mon corps. On dit que le froid aigu provoque mille picotements sur la peau, comme des aiguilles d'acier qui s'agitent et dansent de plus en plus vite.

Les jours passent et Maryam nage encore et encore, toujours plus, jusqu'à en perdre le souffle.

— Un jour, Maryam, tu ne remonteras plus, la sorcière du fleuve te gardera prisonnière et te fera pousser une queue de poisson à la place des jambes, et le crocodile te mangera.

Maryam a bien envie de se moquer des semonces de sa grand-mère qui, tout en la faisant frémir, lui ouvrent les espoirs les plus fous.

Et si c'était vrai… Que je devienne sirène ; que je puisse nager et remonter le fleuve pour rencontrer les sirènes, là-bas, loin, très loin, songe-t-elle.

Maryam s'imagine sirène aux longs cheveux dans les eaux du fleuve. Mais aussitôt elle secoue la tête et se lamente. Une sirène couleur pain d'épices... Ça n'est pas possible ! Déjà que ses sœurs se moquent d'elle et la raillent quand elle plonge dans les eaux du fleuve pour réapparaître radieuse et auréolée des rêves d'un ailleurs enchanteur.

— Hou, hou, hou, la sirène crépue !

— Hou, hou, hou, la sirène du Sud !

Maryam ne se défend pas. Elle feint de ne pas entendre. Elle garde pour elle ses pensées, ses chagrins et ses espoirs secrets. Elle se promet de s'entraîner, de nager toujours plus, de plus en plus souvent et toujours plus loin pour avoir la force de remonter le cours du fleuve jusqu'à son embouchure.

Le moment venu, quand elle atteindra le port, elle nagera dans le sillage d'un bateau et s'échouera comme lui dans un pays du Nord. Et si la sorcière des océans existe, pense-t-elle, elle ne pourra pas me refuser son aide en échange du courage dont j'aurai fait preuve.

Mais reste qu'avec sa couleur de peau et ses cheveux crépus elle ne pourra jamais devenir semblable aux sirènes du pays d'hiver. Comment elle, Maryam, pourra-t-elle se transformer en fille de l'eau ? Elle se penche sur l'eau du fleuve et tente de s'imaginer avec une longue chevelure. Elle tire rageusement sur quelques mèches en bataille sur le front et derrière ses oreilles. Combien de lunes avant que les milliers de boucles qui fleurissent sa tête tombent sur ses épaules et caressent ses reins ? Maryam se sourit en se contemplant. Elle est déjà une jolie et gracieuse jeune fille dont la poitrine bourgeonne au point qu'elle doit maintenant la dissimuler sous un tissu orangé et or. Les jeunes garçons du village, qui ont remarqué le changement, sifflent sur son passage. Maryam ne leur répond pas, mais elle est flattée. Là-bas, loin, très loin, les garçons du pays d'hiver la verront quand elle ira à leur rencontre. S'ils sont intelligents, ils liront dans son regard et le dialogue aura lieu, et Manga sera bien forcée de constater que les rêves peuvent s'ouvrir sur la vie…

Maryam ne renoncera pas à ses rêves.

Elle nage à présent telle une authentique championne. Quand elle est fatiguée, elle se repose sur l'île au milieu du fleuve. Il y a un rocher battu par le vent et l'eau. Il est toujours éclaboussé de soleil. Maryam s'y laisse choir avec volupté. Sur la pierre chaude, elle ferme les yeux et entreprend alors ce voyage, accompagnée des battements d'ailes des flamants roses, des grues et du craquètement des cigognes qui migrent vers le nord quand il verse dans la saison douce.

Lorsque le soleil a séché ses vêtements et ses cheveux, Maryam s'offre un dernier bain. Elle entre frémissante dans l'eau en ouvrant les bras, les paumes tournées vers le ciel. L'eau est son élément.

Manga le sait. Elle voit sa petite-fille s'y mouvoir avec un réel plaisir. Elle l'observe en train de nager sous l'eau et suit les remous et les ondes à la surface du fleuve. Elle s'inquiète quand les cercles semblent se figer au-delà des eaux vertes qui s'étendent avec paresse jusqu'aux berges où les gazelles viennent boire chaque soir. Soudain, au beau milieu du fleuve, Maryam surgit dans une éblouissante gerbe d'écume argentée.

— Un jour, le fleuve t'emportera ! lui crie Manga, furieuse d'avoir été trompée.

— C'est ce que je veux, grand-mère. Nager jusqu'à la mer et partir là-bas, loin, très loin. J'irai parler aux poissons et aux sirènes, j'apprivoiserai la sorcière des océans. Elle n'est pas aussi méchante qu'on le dit... Je suis certaine qu'elle me conduira au château mystérieux et que j'entrerai dans le secret des sirènes.

Gagnée par l'ivresse, Maryam poursuit ses pensées. Elle est une sirène égarée en des pays chauds. Une tempête l'a crachée sur cette terre aride et ses cheveux se sont mis à friser. Sa peau a pris de la couleur sous l'effet du chaud soleil. Et ses rêves ne sont que le fruit de la nostalgie du paradis d'origine. Elle est une sirène qui a perdu sa queue mais a gardé sa voix. Un miracle, songe-t-elle en prenant place sur son rocher dans la pose qui est celle de *La Petite Sirène* du port de Copenhague.

Maryam a grandi. Des lunes et des lunes ont passé et elle est devenue une jeune fille accomplie qui doit bientôt songer à accepter pour époux un garçon du village. Manga le lui répète chaque jour en préparant le manioc. Maryam secoue la tête et disparaît tout aussitôt dans les eaux du fleuve en criant :

« Je ne veux pas ! »

Aucun garçon ne lui plaît assez pour avoir le droit d'espérer devenir son époux. Maryam n'a pas renoncé à partir là-bas, loin, très loin, au pays d'hiver.

La fête du village aura lieu à la pleine lune. Et les jeunes gens seront assortis. Maryam sait que ce sera sans elle. Mais elle n'en parle pas à Manga. Elle continue de l'aider aux champs et à la cuisine. Elle surveille les petites sœurs et le dimanche se rend à l'église de la mission.

Manga est fière de Maryam, si sage, si docile. Maryam est choisie par le chef du village pour son fils. Un jour, elle sera l'épouse du chef, lui-même fils du roi de la montagne. Si tel est le cas, Manga pourra alors aller dormir non loin de la palmeraie. Parfois, elle ouvre son coffre et range ses bijoux. Il y a ceux dont on la parera avant qu'elle entre dans le dernier sommeil et ceux qu'elle donnera à Maryam, à Lulla, à Nanya, ses sœurs.

Avant la montée de la lune dans le ciel, alors que les oiseaux planent avec majesté au-dessus du fleuve, Maryam quitte la case de sa grand-mère pour se risquer jusqu'au fleuve, qu'elle traverse à la nage. L'eau semble bonne à son corps en révolte.

Elle la savoure pour en garder longtemps la tiédeur et les parfums.

Elle gagne la grande ville, mais sait qu'elle devra traverser d'autres rivières avant d'arriver à la mer.

La mer ! Longtemps, elle l'a imaginée. Aujourd'hui, elle la contemple, éblouie et inquiète. Ses yeux ne voient pas la terre au loin. Cette vision de la mer est plus vaste que ses rêves les plus audacieux. Aura-t-elle la force de nager dans le sillage d'un bateau ?

Sur le port, toutes les langues se mélangent. Elle ne connaît personne, mais parvient à comprendre qu'on ne peut traverser la mer qu'à bord de ces immenses paquebots. Des géants où des dizaines, des centaines d'hommes, de femmes et d'enfants prennent place. Maryam erre sur le port. Pour la première fois, son cœur est triste et les larmes lui viennent douloureusement aux yeux. La grande ville lui est étrangère. Grise, sale, poisseuse et malodorante sous le soleil. Maryam cherche à se rassurer. Elle est certaine que, là-bas, loin, très loin au pays d'hiver vêtu du blanc de la neige, tout sera plus beau...

Maryam espère se faufiler dans un des bateaux qui vont lever l'ancre. Le navire est immense. Elle ne peut le voir en entier d'un seul coup d'œil. Sa bouche s'ouvre, admirative et anxieuse. Il faut se décider... A la faveur de la nuit, Maryam se glisse à bord et se cache au milieu des cordages. Au matin, le bateau prend la mer dans un rugissement effrayant. Maryam croit que sa tête va exploser. Elle veut chanter pour oublier le vrombissement des machines, mais aucun son ne sort de sa gorge tant la peur l'a saisie. Allons, essaie de dormir, se dit-elle.

Le voyage est très long, elle a chaud, faim et soif aussi. Quand la nuit vient la tourmenter et que son estomac réclame et lui tord le ventre, elle se risque alors dans les cuisines désertes et trouve toujours quelques morceaux de pain qui apaisent sa faim avant de retourner se noyer au milieu des cordages. Personne ne fait attention à elle. Parfois, quand tout le monde dort, elle gagne l'un des ponts, d'où elle contemple cette mer étincelante sous la caresse des rayons de lune.

Où donc sont les sirènes et les fées de la mer ? Elle les appelle de toutes ses forces. Les voit-elle ? Elle le croit à deux reprises alors que le bateau approche d'un port où il doit accoster. Le fond de l'air est froid, soudain. Serait-elle arrivée au pays d'hiver ? Elle n'a pas le temps de poursuivre sa réflexion. A quelques mètres d'elle, un jeune homme attire son attention. Il est en proie à un immense chagrin qui le courbe et le voûte à l'extrême. Il se parle à lui-même, se croit seul et appelle :

— Lena, Lena…

Elle l'entend gémir :

— Je vais te rejoindre pour toujours.

Elle s'approche de lui mais n'a pas le temps de l'atteindre. Il a déjà basculé dans une gerbe d'eau. Maryam a compris. Elle plonge derrière lui pour le sauver. Ce n'est pas facile de garder en vie quelqu'un qui n'a plus de désir. Le jeune homme veut disparaître dans les profondeurs et, ce faisant, risque de l'entraîner avec lui. Elle essaie de lui parler. Il ne l'entend pas. Elle lui dit qu'elle est sa sirène et qu'elle va le sauver et qu'il vivra heureux... Le bonheur est possible quand on veut le conquérir.

Personne sur le bateau n'a été témoin de cette double plongée. Maryam parvient à nager en maintenant la tête du jeune homme hors de l'eau. Elle est fatiguée, mais les lueurs du port qui s'offre à son regard l'encouragent. Elle se sent assez de force pour nager jusqu'à terre. C'est la « crique des filles de la mer ». Il lui faut tirer le garçon sur la plage. Il est inconscient, mais vivant. Et du fond de son cœur elle remercie la sorcière des océans de l'avoir gardé en vie. Du bout des doigts, elle caresse son visage, parcourt ses sourcils, l'arête du nez et ses lèvres dessinées pour le sourire. Le frisson l'enlace... Il ouvre les yeux et les referme. Maryam palpe l'onde de bien-être qui l'étreint quand elle effleure de nouveau ses lèvres.

La prend-il pour Lena ? Elle soulève ses boucles, dégage son front et se penche sur lui. Elle colle une joue sur son visage. Sa peau est douce et ne heurte pas la sienne. Malgré la différence, les deux peaux peuvent s'accorder. Manga s'est trompée, songe la jeune fille. La lionne peut épouser l'éléphant ou le léopard. Elle ne comprend pas pourquoi Lena a abandonné ce jeune homme au cœur gonflé de chagrin. Un chagrin d'amour. Il sait donc aimer.

Il reprend conscience, veut s'asseoir et saisit les poignets de Maryam.

— Dis-moi quelque chose, implore-t-il.

Comme cette voix d'ailleurs est belle ! Une étrange musique qui fait s'emballer le cœur de Maryam. Serait-il ce prince attendu depuis si longtemps ? Elle veut lui parler, mais aucun son ne sort de sa bouche. Ou bien les sons qu'elle émet sont trop rauques et il ne peut les comprendre. Trop d'émotion agite la jeune fille. Trop d'émotion... et aussi le froid de la mer sur sa gorge.

— Reste avec moi, supplie le jeune homme. Tu m'as sauvé la vie. Qui es-tu ?

Que dire quand les mots se dérobent ? Il tend la main vers son visage et en dessine lui aussi les contours.

— Tu es belle...

Il pose sa tête sur ses genoux. Elle caresse ses cheveux. Elle n'a que ce geste hérité de Manga pour dire ce qu'elle éprouve. Elle sent le corps du jeune homme s'alourdir et peser sur ses cuisses.

A présent, il dort tel un enfant qu'on a bercé après un immense chagrin. Maryam en est heureuse et voudrait que la nuit dure encore longtemps alors que le jour mord doucement l'horizon.

Quelle fée entendra son désir ?

Le paysage est étrange et fait frissonner Maryam. Elle est seule, perdue. Est-elle arrivée au pays d'hiver, là-bas, loin, trop loin ? Elle se met debout... Elle se souvient du bateau. Du prince – elle l'appelle ainsi – en proie au chagrin. Du sauvetage et de leur endormissement... Mais elle est seule maintenant. Aurait-elle rêvé ? Pourtant, elle sent encore sur ses cuisses le poids de la tête du jeune prince endormi...

Elle va marcher jusqu'à la ville. C'est là qu'il est allé. Il ne peut être allé que là. Elle n'a pas fait deux pas que ses pieds heurtent... un objet... un bracelet ? Elle se penche et le ramasse. C'est une montre. Est-elle celle de ce prince de la nuit ? Elle tourne longuement l'objet entre ses doigts et le laisse glisser au creux de ses paumes. La montre est gravée : *Jean Leprince*... Maryam n'a aucun doute. C'est la montre de *son* prince. Le rouge lui vient aux joues. Elle n'a donc pas rêvé.

Mon prince... apparu et disparu, songe-t-elle avant de marcher d'un pas décidé jusqu'à la ville encore somnolente.

Maryam cherche son prince dans toute la ville pendant des jours et des jours. Chaque soir, elle retourne sur la plage de la crique. Epuisée, elle se laisse choir sur les galets, s'assoit à l'endroit où elle est sortie de la mer avec lui. Chaque soir, elle croit sentir sur ses cuisses la tête de ce jeune homme qui s'endort ainsi rassuré. Chaque matin, elle s'éveille plus seule que jamais.

Elle vit ou plutôt survit pendant de nombreuses semaines, indifférente aux bruits de la ville étrangère. Parfois, elle trouve un boulot d'un soir dans la cuisine du bistrot A la Petite Sirène. Le patron est gentil et la parole n'est pas nécessaire pour laver les assiettes. Maryam comprend ce qu'il lui demande quand il pointe l'index vers les assiettes ou le sol. L'homme, comme tous les habitants du port, parle une langue qu'elle ne comprend pas, une langue qui ressemble à celle de son prince. Au port, on connaît Maryam. On apprécie sa gentillesse et son sourire. On s'est habitué à sa présence certains soirs, mais personne ne se soucie réellement d'elle. Qui donc est cette étrange jeune fille qui habite la « crique des filles de la mer » ? Peut-être est-elle le fantôme de l'une d'elles, disent les anciens en buvant une bière rousse. Maryam gagne tout juste de quoi ne pas mourir tout à fait. Elle se force à ne plus songer à Manga. *La lionne n'épouse pas l'éléphant ou le léopard... Trop de rêves mange la vie...* Pourtant, c'était si bon d'appeler les rêves. Quand les rêves l'habitaient, Maryam vivait. Soudain, le grand fleuve lui manque, l'attente du crocodile et les cris des enfants du village également. Mais pardessus tout c'est le visage de Manga qu'elle revoit.

Son regard qui danse, ses mains ridées par le temps, mais aussi douces que le lait des noix de coco... Maryam ne sait plus rien de son pays. Elle n'a ni chaud, ni froid... Elle ne chante plus... Sa voix s'est tue. La sorcière des océans ne se soucie pas d'elle et les sirènes ont déserté sa vie.

Vient la saison du froid. Maryam en ressent la brûlure, les milliers d'aiguilles d'acier sur la peau, jusqu'à la douleur vive, trop vive.

Il y a un matin où elle ne vient pas travailler au bistrot A la Petite Sirène. Personne ne préparera les tables, ni ne lavera la vaisselle. Mais qui s'inquiète vraiment de son absence ? Va-t-on seulement prendre de ses nouvelles jusqu'à la crique où elle s'est aménagé un abri ? Les jours passent. L'oubli va plomber les mémoires. Quelques passants disent l'avoir vue la veille ou il y a huit jours, ou plus, assise dans la crique.

— On aurait dit la Petite Sirène, plaisantent-ils.

Les fées de la mer ou les sirènes seraient-elles venues la chercher ? Qui peut le dire ?

A la place où Maryam s'asseyait avant de s'endormir, une fillette a trouvé ses sandales et une montre où était gravée l'inscription *Jean Leprince*. La gamine qui a fait cette découverte hausse les épaules. Elle eût préféré de l'argent, un téléphone mobile, un vrai bijou, au lieu d'une montre et de sandales qui disent tellement de détresse.

La fillette dédaigne les chaussures et les pousse du pied sur les galets. Puis elle observe la montre. Un gros cadran démodé qui la fait sourire. Elle ferme les doigts sur *Jean Leprince*, rassemble ses forces et lance l'objet à la mer. Elle est étonnée d'entendre rire quand la montre touche l'eau, rire et soupirer. Soupirer et rire. Elle ne sait pas, elle ne sait plus. Longtemps, elle regarde la mer, il lui semble que de l'écume surgit parfois un visage, celui d'une jeune fille d'un autre pays, de là-bas, loin, très loin, où le ciel est toujours bleu et le soleil toujours très chaud. Elle songe alors aux sirènes... Les sirènes existent-elles aussi dans ces pays chauds ? Il faudra qu'elle le demande à sa mère...

Les yeux noirs de Fadela

Aurélien grelottait au bord de l'étang tandis que Fadela venait de réapparaître au milieu des eaux sombres pour reprendre de l'air avant de disparaître de nouveau dans les profondeurs. Il voulut lui crier de ne pas prendre de risques inutiles, mais en fut incapable. Mille tambours résonnaient dans sa tête et le sang coulait sur ses joues. Il se laissa tomber au pied d'un saule. Une vieille femme arrivait en courant et lui tendait des serviettes afin qu'il pût s'essuyer. Elle constata une plaie profonde au front.

— Allongez-vous et ne bougez surtout pas ! ordonna-t-elle en glissant quelques serviettes sous sa nuque.

— Théo, l'enfant, soupira-t-il avec épuisement.

— Fadela va remonter le petit. Tenez, la voilà, elle le tient.

— Il... il est mort ?

— Ne parlez pas sans réfléchir, dit-elle en roulant les *r*. On s'en occupe.

La vieille femme réconfortait Aurélien tandis que Fadela s'activait au-dessus du gamin en attendant l'arrivée des pompiers. Comme Théo n'avait dans la bouche et le nez ni vase ni herbe l'empêchant de respirer, elle put donc pratiquer sans tarder un bouche-à-bouche musclé, tout en frictionnant le corps de l'enfant. Elle ne prit pas la peine de se changer. Ses vêtements collaient sur sa peau. Son fin chemisier montrait des formes généreuses, mais pas trop.

Fadela était un beau brin de fille. Penchée sur l'enfant toujours inerte, elle ne désespérait pas de l'arracher aux griffes de la Faucheuse pour le ramener sur les berges de la vie. Chaque seconde comptait. Elle le savait. Elle pria Dieu, la Vierge, tous les anges et les esprits de la forêt de lui venir en aide. Pour sauver l'enfant, elle eût été capable de pactiser avec le diable. La mort d'un innocent lui était intolérable. Quel âge avait Théo, qui gardait les yeux clos et dont elle avait cueilli le regard d'épouvante au cours de sa première plongée ?

Elle ne s'inquiéta pas d'Aurélien, qu'elle savait blessé. Ce beau garçon d'une vingtaine d'années avait l'avenir et la force pour lui. Il se remettrait de l'accident parce qu'elle lisait cette part de lumière irradiant ses ténèbres.

Il avait voulu éviter une biche qui sortait de la forêt à l'aube pour venir boire à l'étang. Sur la route étroite et humide bordant la masse sombre des arbres qui commençaient à verdir, Aurélien avait perdu le contrôle du véhicule.

Ce n'était pas le premier accident qui se produisait en ce lieu, mais c'était la première fois qu'une voiture était projetée au centre de l'étang, à l'endroit le plus profond. Aucun arbre n'avait arrêté la course folle. « Appelle les pompiers ! » avait hurlé Fadela à sa grand-mère en plongeant pour porter secours à Aurélien, qui n'avait pas perdu connaissance et bataillait ferme pour s'extraire de la voiture. Il était blessé, ça oui. Fadela avait vu la plaie au front. Elle l'avait aidé à se dégager de sa voiture et l'avait soutenu jusqu'à la terre ferme. Le plus difficile avait été de délivrer l'enfant à l'arrière. La ceinture de sécurité était coincée. Un couteau avait été nécessaire pour trancher la sangle protectrice devenue, au fond de l'étang, un piège mortel.

Fadela s'était palpée au fond de l'eau. L'Opinel était bien là, au plus profond de la poche de son jean. Quand on vit près des bois... Mais elle avait manqué d'air. Elle était revenue à la surface pour ouvrir le couteau et plonger cette fois dans les eaux noires la lame entre les dents. Fadela était vive, l'opération avait été rapide. Cependant, quand elle avait pu enfin dégager l'enfant, il était déjà inerte.

— Frictionne-le aussi, insista-t-elle en s'adressant à sa grand-mère, qui allait d'Aurélien à l'enfant. Il a déjà craché beaucoup d'eau ; il faut continuer ; la vie doit gagner.

La vieille femme haussa les épaules. Espérait-elle un miracle ? Soudain, Fadela poussa un petit gloussement de victoire en constatant que la poitrine de l'enfant se soulevait presque régulièrement. Il ne fallait pas s'arrêter, mais redoubler d'efforts jusqu'à l'arrivée des secours. Elle entendit avec espoir et soulagement mêlés la sirène des pompiers dans le lointain et Aurélien qui articulait faiblement :

— Je peux faire quelque chose ?

Elle secoua la tête.

— Vous êtes en état de choc. Restez donc tranquille ! ordonna la vieille femme, pendant que Fadela continuait de s'activer au-dessus de l'enfant, dont les paupières se soulevèrent enfin.

— Il va vivre. Il va vivre ! s'écria-t-elle en s'effaçant devant les secouristes, qui avaient déjà déployé leur matériel et installé les civières.

Théo fut placé sous respirateur et Aurélien examiné avec soin. S'il avait perdu beaucoup de sang, comme en témoignaient les jeunes herbes rougies du bord de l'étang, la plaie qui partait du front pour se fondre dans la masse sombre de ses cheveux n'affolait pas les sauveteurs. Une radio du crâne était cependant nécessaire.

— Direction le CHU, ordonna le médecin. Vous vous sentez bien, mademoiselle ?

— Ça va, murmura-t-elle. Soignez-les bien, docteur ! Et toi, Aurélien, bon rétablissement, ajouta-t-elle.

Il voulut se soulever, lui répondre, lui saisir les mains, mais, épuisé, il retomba lourdement sur la civière.

— Tu me connais ? parvint-il à dire.

— Oui, monsieur Derichebourg, répondit-elle, amusée. Je connais toutes les familles de Rochefontaine. La plupart ont eu besoin des services de ma grand-mère ou des miens. Allez, bonne chance ! La Vierge te gardera !

— Merci, Fadela. Je n'oublierai pas.

— On dit ça. Pourtant, Aurélien, quand on me croise dans les rues de Rochefontaine, je suis comme... *invisible.*

— Je m'occupe de vos vêtements. Fadela les portera chez vous, lança la vieille femme avec malice. Discrètement, cela va de soi, pour ne pas vous compromettre.

— Veux-tu te taire ! se fâcha Fadela alors que l'ambulance s'éloignait toute sirène hurlante.

— Et pourquoi ? Voilà deux vies que cette honorable famille te devra. Tu as vu le regard affolé de ce garçon. La peur du qu'en-dira-t-on va lui filer une colique mémorable.

— Je sais, c'est dur de devoir la vie à des romanos, soupira Fadela.

Personne n'avait jamais fait attention à Fadela, qui vivait en dehors du bourg, non loin de l'étang, dans une caravane qui ne pouvait plus rouler. Appuyé à deux énormes chênes – qui avaient poussé si près l'un de l'autre que, par endroits, ils se touchaient presque –, le modeste logis des deux femmes était régulièrement rafistolé par quelques planches clouées à la va-comme-je-te-pousse. Qui se souciait des romanos de l'étang ? La caravane gîtait là depuis de nombreuses années, parfois rejointe par d'autres, au cours des étés. Quand la nuit tombait, près du feu de bois qui illuminait le bord de l'étang jusqu'à faire danser les arbres, on entendait alors monter des rires et des chants. Les hommes chantaient et s'accompagnaient à la guitare, et une bonne odeur de viande grillée caressait subtilement les lieux. Et puis les caravanes repartaient, mais celle de Fadela et de sa grand-mère restait appuyée aux deux chênes.

Longtemps, Fadela, encore ruisselante des eaux de la mort, regarda l'ambulance des pompiers s'éloigner et disparaître sur la route menant à l'hôpital. Elle se souvenait d'Aurélien quand elle allait à l'école. Aurélien et son jumeau, Adrien – ceux qu'elle appelait les empereurs… Comme tous les autres enfants du bourg, les jumeaux l'avaient souvent moquée.

Elle croisa ses bras sur sa poitrine, se prit par les épaules pour se réchauffer et se mit à claquer des dents avant de laisser couler les larmes le long de ses joues. Elle venait d'approcher la mort, s'était mesurée à elle, l'avait forcée à reculer pour que triomphe la vie. Théo, ce gamin de six ans, ne devait pas mourir. Que dirait-on à Rochefontaine lorsque cet accident serait évoqué ? Elle haussa les épaules et se réfugia dans la caravane. Elle se laissa choir sur le matelas-canapé où elle dormait, sous l'étagère remplie de livres qu'elle conservait précieusement.

Que savait-on de ces deux femmes ? Cerbère, le berger allemand, gardait l'entrée du logis. Aux beaux jours, on apercevait parfois la plus âgée à l'ombre des larges ramures. Elle tressait des corbeilles ou rempaillait des chaises qu'on lui apportait. Un travail dont elle s'acquittait remarquablement pour quelques euros. Etaient-ce ces quelques sous qui leur permettaient de vivre ou plutôt survivre ? Qui étaient-elles ? Quel événement les avait conduites en ce lieu quand Fadela était encore une toute petite fille ?

Leur sort laissait la bourgade indifférente. Tout au plus restait-on sur ses gardes. Méfiance ? De temps à autre un grand gaillard, un homme sans âge, barbu, chevelu, venait passer quelques jours avec elles. Il arrivait à moto. Une très grosse moto.

Sans marque ? En tout cas, c'était un ancien modèle réparé avec des pièces de fortune. Mais la moto roulait et pétaradait avec une volupté infernale. Qui était-il ? Un fils de la vieille femme ou un mari un peu plus jeune qu'elle ? Avec les romanos, on peut s'attendre à tout. Ce sont des gens bizarres, sauvages, un peu voleurs et jeteurs de sorts. Cependant, on n'avait rien à leur reprocher, sauf les féroces jappements de Cerbère quand le vent portait jusqu'à sa truffe l'odeur d'un inconnu. Il fallait admettre que Fadela et sa grand-mère ne troublaient pas l'ordre public. Il y eut bien des méchantes langues pour insinuer que cette caravane devenait de plus en plus laide au fil des ans et qu'elle déparait le paysage. Le temps n'était-il pas venu de leur signifier d'aller voir ailleurs ? Mais le maire, régulièrement réélu à Rochefontaine, faisait la sourde oreille. Le temps passa. Elles bénéficiaient ainsi d'une paix royale.

Fadela avait fréquenté l'école communale pendant trois ans. Mais jamais elle n'était parvenue à s'intégrer. Elle avait appris à lire, à compter, à écrire très correctement. Ses rédactions, sans faute d'orthographe et dans un style souvent lyrique où la nature jouait un rôle premier, avaient séduit l'institutrice. Fadela y décrivait l'étang avec talent, aussi mystérieux que le lac du Bourget, aussi enchanteur et paradisiaque que le Léman. Sous les compliments de l'enseignante, Fadela rosissait de plaisir. Elle se prenait à rêver... « Vierge Marie, que ces bonnes paroles changent l'esprit des écolières ! Que je puisse jouer avec elles et ainsi gagner leur amitié ! » Son cœur se mettait à battre jusqu'à la sonnerie signifiant le début de la récréation. Toujours, elle voulait suivre la joyeuse envolée dans la cour ; le désir d'entrer dans la ronde, de sauter à la corde, de jouer à colin-maillard allumait des étoiles dans son regard de velours. Et toujours, elle était repoussée, traitée de sale bohémienne. « Maman ne veut pas que je joue avec toi, elle dit que je vais attraper des poux. » Alors, Fadela finissait par rester adossée au mur de la classe, seule.

Qui donc a osé faire rimer innocence et enfance ? Qui ignore combien les enfants sont capables de féroce cruauté ? Si les petites filles de l'école ne furent pas tendres, que dire des garçons sur le chemin de l'école... ?

Fadela arrêta ses études au CM2. Elle ne se rendit ni au collège ni au lycée. Elle aidait sa grand-mère à tresser des corbeilles qu'elle s'en allait vendre à Rochefontaine et dans les bourgades avoisinantes. On la tolérait.

Puis vint le temps où la gamine se fit jeune fille. Elle sortit moins. Sa grand-mère la mettait en garde pour mieux la protéger.

« Une belle demoiselle comme toi est une proie pour ces renards et ces loups, répétait-elle sans cesse. Tes yeux noirs lancent des étoiles et tes belles dents sont deux rangées de perles rares. Méfie-toi des hommes, grognait la vieille femme. N'y perds pas ton âme. J'ai eu bien assez de soucis avec ta mère, qui suivit le premier beau parleur venu. Pouvais-je lui en vouloir ? J'avais fait de même de l'autre côté des montagnes, sur les bords du Dniestr, dans les Carpates... »

Pour mener l'enquête, les gendarmes de Rochefontaine vinrent jusque sur les bords de l'étang. Ils firent des relevés, mesurèrent les traces de pneus, évaluèrent ainsi le coup de frein, la vitesse du véhicule qui avait évité la biche. Fadela et sa grand-mère furent interrogées. La jeune fille avait tout vu, y compris l'élégante course de l'animal au sortir de la forêt alors que la voiture arrivait. Elle confirma avoir plongé trois fois dans l'étang. Une première fois pour Aurélien et deux autres fois pour libérer Théo. Oui, elle avait tranché les sangles avec son Opinel. Non, elle ne l'avait pas retrouvé. Elle n'y pensait même plus, elle s'en achèterait un autre, voilà tout ! L'essentiel n'était-il pas d'avoir sauvé Théo ?

— Quelle belle fille, et courageuse avec ça ! remarqua le capitaine de gendarmerie en remontant dans la voiture.

— C'est quand même une romano, répondit le gendarme qui conduisait le véhicule.

Théo avait retrouvé son insouciance et Aurélien se remettait. Le journal local vint interviewer les deux héroïnes de l'étang, qui refusèrent de jouer les vedettes et de se laisser photographier. Elles n'avaient fait que leur devoir.

— Si nous avions agi autrement, nous aurions été coupables de non-assistance à personne en danger, ironisa la grand-mère. L'affaire est close. Que chacun s'en retourne à son ouvrage !

Fadela partit rendre les vêtements d'Aurélien lavés et repassés chez les Derichebourg. La femme de ménage ouvrit et, face à Fadela qu'elle ne reconnut pas, elle voulut refermer précipitamment la porte en disant :

— Ma patronne n'est pas là et l'on n'a besoin de rien.

— Je ne vends rien, insista Fadela en glissant son pied pour empêcher la fermeture de la porte. Je viens rapporter les effets d'Aurélien. C'est tout. Au revoir, madame.

Les semaines et les mois passèrent. Et l'on oublia l'accident de l'étang. Fadela continuait d'aller vendre ses paniers au marché de Rochefontaine.

Avait-elle espéré être regardée différemment ? Ou attendait-elle la visite d'Aurélien sur les bords de l'étang ? Au marché, assise sur son pliant, elle affichait toujours le même sourire bienveillant devant ses corbeilles et ses plateaux d'osier. Personne ne vint lui dire un mot gentil. Les seules paroles qu'elle entendit furent celles nécessaires aux achats. « Bonjour, dix euros ! Douze euros ! Quinze euros ! Merci, au revoir ! Bonne journée ! » Reverrait-elle un jour Aurélien parmi les acheteurs ? Secrètement, elle conservait quelque espoir.

Elle le vit et ce fut par un pur hasard, à la sortie de l'école, alors qu'elle venait de livrer une chaise rempaillée non loin de la villa des Derichebourg. Aurélien était allé chercher Théo. Elle ne se montra pas. Le cœur battant, elle se rencogna derrière un platane de la grand-rue et attendit qu'Aurélien passe. Elle n'était pas en état de recevoir un affront, or elle restait persuadée qu'il l'eût ignorée.

Vint la fête du 14 Juillet, qui se déroulerait non loin des bords de l'étang. L'estrade avait été dressée dans la clairière proche et les employés de la commune accrochaient les lampions aux branches des arbres. De chez elles, Fadela et sa grand-mère assistaient aux préparatifs. Elles voyaient les électriciens tirer des fils, visser des ampoules multicolores. Elles entendaient les menuisiers s'activer, scier, clouer, taper pour installer les différents stands.

Et si Fadela allait danser, puisque ses cousins viendraient comme chaque année ? La fête était pour tous. Mais oui, Fadela irait danser. Elle avait une petite idée derrière la tête, mais elle n'en souffla mot à personne.

Elle se prépara pour la fête en fouillant son coffre à linge afin d'en extirper les plus belles étoffes. Puis elle inspecta la boîte à bijoux de sa mère et étala peignes, bracelets, colliers et boucles d'oreilles sur les tissus et soieries pour tenter de les assortir. Elle décrocha le miroir, approcha les étoffes de ses joues et s'inspecta longuement. Elle danserait au soir du 14 juillet, si toutefois Aurélien venait à la fête. Elle fit taire le soupçon d'angoisse qui l'étreignait. Il était toujours venu... Alors, elle danserait et, pour être certaine de la chose, du bout des doigts elle effleura la statue de la Vierge posée sur l'étagère où ses livres étaient rangés.

Le rouge aux joues, elle s'installa sur son matelas-canapé et se mit à coudre, à coudre, à coudre...

La nuit était tombée et la fête battait son plein. Fadela était attablée avec ses cousins devant une menthe à l'eau. Sur la piste, la jeunesse de Roche-fontaine et des environs se trémoussait au rythme des tangos, marches, valses, rock'n'roll ou danses plus modernes qui permettaient de s'agiter individuellement et en tous sens. Dans les stands, on s'essayait au jeu de massacre, au jeu de fléchettes. Les plus téméraires se risquaient à l'escalade d'un mât de cocagne afin d'en décrocher un filet garni de victuailles. Les yeux noirs de Fadela ne quittaient pas la piste de danse. Elle y avait vu Aurélien et son jumeau. Une bouffée de chaleur l'inonda jusqu'à l'empourprer. Elle repéra la table où il retournait s'asseoir entre deux danses et son cœur se serra à en mourir. Elle se traita de folle, se gourmanda en songeant à sa grand-mère. Mais c'était plus fort qu'elle.

— Tu es nerveuse, cousine, glissa Marco. Est-ce parce que tu dois bientôt quitter Rochefontaine pour nous suivre sur les routes du Sud ?

Fadela plongea son regard sombre dans celui de son cousin, eut un petit rire et haussa les épaules. Elle posa un doigt sur ses lèvres et tendit l'oreille. Sur la scène, le chef d'orchestre s'était saisi du micro.

— Mesdames et messieurs, voici le moment qu'attendent tous les hommes de la soirée : le quart d'heure américain. Ce sont les dames qui vont inviter les messieurs à danser. Mesdames, ne vous privez pas. Ils ne peuvent pas refuser. En avant la musique !

Fadela se leva.

— Où vas-tu ? Es-tu folle ? gronda Marco.

Fadela n'entendait rien. De son pas souple et aérien, elle traversa la piste de danse ; ses cheveux suivaient gracieusement le mouvement. Elle alla se planter devant Aurélien, occupé à plaisanter avec Adrien et quelques copains, dont Gilou, réputé pour chercher facilement querelle.

— Oh ! s'exclama Adrien en voyant Fadela. Pour qui est la demande ?

Elle ne dit rien. Elle attendait qu'Aurélien lève le regard et le pose sur elle. Tout son corps était tendu. Il y eut un long moment de silence avant qu'Aurélien comprenne la situation et voie enfin Fadela, resplendissante devant lui.

— Je... je... bafouilla-t-il.

— Eh bien ! Frérot, glissa Adrien, te voilà requis.

— Méfie-toi, c'est une bohémienne. Elle va te jeter un sort si tu te défiles, siffla Gilou.

— Chère mademoiselle, Aurélien est retenu, reprit Adrien pour tirer son frère de l'embarras. Trouvez-vous un autre cavalier.

Fadela regarda autour d'elle. Aucune fille ne s'était présentée. Elle était arrivée la première. Elle avança la main vers Aurélien, statufié. Il vit cette main qui l'avait aidé à sortir des eaux, avait sauvé Théo, et il ferma les yeux.

— Tu n'as pas le choix, Aurélien, dit-elle doucement. Tu me dois bien cette danse en échange de la vie... Tu as honte de moi ? Vois, je me suis parée pour toi et je ne te jetterai pas de sort. Allons, donne-moi ta main, je vais te révéler ton avenir.

Il la lui tendit, hésitant et confus.

— Oh ! s'exclama-t-elle en riant et en suivant les lignes complexes au creux de la main d'Aurélien. Tu vas faire une rencontre éblouissante qui changera ta vie. Je vois beaucoup de succès dans ta main, mais je lis aussi que tu devras te battre pour faire triompher le bon droit.

Aurélien se laissa entraîner par Fadela sur la piste de danse et l'on s'écarta sur leur passage. Il enlaça la jeune fille en la tenant à distance avant de l'entraîner dans une marche vive et enjouée. Il n'osait se rapprocher d'elle. L'étoffe de son chemisier de soie était douce sous ses doigts. Il percevait la chaleur de sa peau. Fadela s'était parfumée. Senteurs de violette, de lilas ? Ses cheveux retenus par un diadème de fleurs rouges ondulaient gracieusement en cascade jusqu'au creux de ses reins. Sa longue jupe à volants rouge et noir caressait ses jambes et il en fut délicieusement troublé. A la marche succéda un tango. Aurélien en profita pour resserrer l'étreinte. Il percevait la souplesse du corps de Fadela, qui dansait à la perfection. Il attendit avec impatience la fin du tango afin de la serrer tout contre lui quand viendrait le slow. Alors, il sut qu'il la respirerait et l'embrasserait. Ebloui, il buvait déjà son sourire. Ce fut l'instant qu'elle choisit pour se dégager et lui rendre sa liberté.

— Je te remercie, Aurélien. Tu as été très courageux en bravant ton milieu. Va danser avec qui tu veux. Je voulais seulement savoir si tu avais du courage, j'étais sans nouvelle de toi depuis ton accident. Tu as encore du chemin à faire pour t'affirmer, mais j'ai confiance en toi.

Et, altière et décidée, elle le planta au milieu de la piste de danse, qu'elle abandonna d'un pas félin. Dépité, il voulut la retenir, la suivre, mais elle se retourna en lui faisant non de l'index. Il serra les poings et tapa rageusement du pied sur la piste de bois avant de retrouver ses amis. Ceux-ci n'osèrent pas le railler, sauf Gilou, qui avait déjà bu et qui le provoqua :

— Moi, je me la ferais bien, cette ensorceleuse.

— Tu n'y toucheras pas, rugit Aurélien. Pas même à un seul de ses cheveux.

— Jaloux ! Tout ça pour une romano...

Aurélien se jeta sur lui, le saisit par le col.

— Ne répète jamais cela, ni devant moi, ni devant quiconque.

— Tu veux te battre, Aurélien Derichebourg ? C'est cela ? Moi aussi, car j'ai bien envie de te corriger. Pour qui te prends-tu ? Toi et ton frère, vous affichez vos airs de grands seigneurs de Rochefontaine, parce que le papa est notaire et le grand-père député. Allons, pour ou contre les yeux noirs de cette bohémienne ?

Gilou hurlait. Pour se dégager d'Aurélien, il avait déjà renversé chaises et tables et appelait à la rescousse les voyous des lieux. Adrien s'était rangé du côté de son frère dans une bagarre qui allait forcément être à leur désavantage, surtout quand il vit une lame de couteau briller dans la nuit. Il courut jusqu'à la table de Fadela, qui n'y était plus, et se heurta à Marco et à ses frères, qui s'étaient levés en comprenant qu'on se battait pour l'honneur de leur cousine.

Marco et ses frères parvinrent à séparer Gilou d'Aurélien et à apaiser les esprits. Marco ramassa le couteau et le mit dans sa poche pour éviter toute récidive. Aurélien avait sérieusement encaissé, comme en témoignaient son visage tuméfié et quelques estafilades sur ses bras. Aussi suivit-il Marco jusqu'à la caravane de Fadela, où il pourrait être soigné.

— Cela fait deux fois que tu me sauves, murmura Aurélien à Fadela tandis qu'elle le pansait.

— C'est de ma faute, concéda-t-elle. Si je n'étais pas venue te chercher, je n'aurais pas provoqué cette bagarre. Mais tu t'es battu pour moi et je t'en remercie.

— Je veux encore danser avec toi, Fadela...

— Allons, ce n'est pas sérieux. Quand le jour sera levé, tu m'auras déjà oubliée.

Lorsque Aurélien fut soigné, il remarqua l'étagère de livres de Fadela.

— On peut être bohémienne et aimer lire, confessa la jeune fille. Je suis tzigane, c'est vrai ; je viens de Roumanie. Toute ma famille a fui le régime qui nous persécutait. Nous vivons des quelques sous que nous apporte l'oncle à la moto. A cela s'ajoutent les petits travaux que nous effectuons. Cela dit, nous sommes honnêtes. Ma mère est morte en me donnant la vie et ma grand-mère, comme tu le sais, m'a recueillie. Mais elle vieillit doucement et nous allons partir bientôt vers le Sud. Là-bas, nous pourrons ouvrir un commerce et vivre normalement, enfin, presque.

— Je ne veux pas te perdre...

— Ton père ne permettrait pas que nous soyons ensemble. Est-il venu me remercier ? A-t-il eu un mot gentil pour moi ? Pourtant, je l'ai croisé à plusieurs reprises à Rochefontaine... Tiens, avant de rentrer chez toi, bois ce chocolat préparé par ma grand-mère et mange cette part de gâteau, il n'y en a pas de meilleur.

— Je viendrai te voir après-demain avec mon père.

Fadela souriait en le raccompagnant sur le chemin. Elle prit une de ses mains, l'embrassa, y posa sa joue avant de la porter à son cœur et d'appuyer ensuite ses deux mains sur la poitrine d'Aurélien. Puis elle disparut mystérieusement dans la nuit.

Accompagné de son père, Aurélien se rendit jusqu'à la caravane de Fadela. Les deux chênes s'élevaient tristement dans le paysage... De caravane, il n'était plus question. Seul le sol avait gardé l'empreinte du logis des deux femmes.

— Elles ont fini par s'en aller, souffla le notaire. Cette affaire est donc enfin terminée.

Aurélien avait pâli. S'il contint sa colère, il laissa échapper :

— Ne me dis pas que tu es pour quelque chose dans leur départ.

— Je n'y suis pour rien, mais j'avoue être soulagé. Il faut toujours se méfier de telles gens.

Aurélien serra les dents et pria son père de le laisser seul. Il avait besoin de réfléchir. Il erra longtemps entre l'étang et les deux chênes et finit par découvrir, coincé sous l'écorce des deux géants, un paquet joliment préparé, tel un cadeau, sur lequel était collée une enveloppe portant son nom. Elle contenait une lettre :

Aurélien,

Nous sommes parties, grand-mère et moi, car après la bagarre les gendarmes ont exigé notre départ immédiat. Dans la mesure où nous avions décidé de quitter Rochefontaine, ce n'était pas grave.

J'ai un service à te demander. Pourrais-tu rendre ce livre à l'école primaire de Rochefontaine ? C'est le seul acte que l'on puisse me reprocher. Oui, c'est vrai, j'ai un jour volé ce livre dans la bibliothèque de la classe.

J'avais tellement aimé ce roman... Peut-être le liras-tu avant de le rendre. Ce serait bien. Puisse-t-il dessiller ton regard et t'ouvrir le cœur ! Tu m'étais sympathique, Aurélien. Tu l'as senti quand nous avons dansé. Mais les fils de notaire et petit-fils de député n'épousent pas les bohémiennes. Adieu !

Fadela

Aurélien arracha fébrilement le papier qui enveloppait le livre ; ses doigts effleurèrent la couverture avec émotion et il lut en tremblant : « *La Petite Fadette*, roman de George Sand. »

Il porta le livre à ses lèvres, puis sur son cœur, là où Fadela avait posé ses mains un trop bref instant...

Longtemps, Aurélien pleura, le front appuyé aux deux chênes.

Sésame et Pépette

Pour Loona et Maureen

Sésame, je m'appelle Sésame et je suis né au pied du massif vosgien. Du moins, c'est ce que m'ont répété Loona et Maureen, les petites filles de la maison où j'habite depuis que l'on m'a arraché à mon premier foyer, après la mort de maman Puce. Ce n'est pas vraiment une histoire triste, ça non. Toutes les créatures félines sont promises à ce destin. Nos mères nous mettent au monde, nous câlinent, nous collent à leurs mamelles et, quand les semaines ont passé, des familles viennent nous prendre et s'extasient sur notre pelage, nos yeux, nos petits cris rigolos, nos bêtises, et Dieu sait si nous en faisons. A nous les pelotes de laine, les canapés de cuir qui sentent si bon qu'y fourrer nos griffes est un plaisir indescriptible, surtout si pointe la colère du maître de maison. Bref, à la mort tragique de ma maman, je me suis retrouvé dans une grande maison avec un jeune maître musicien et ça, c'est top, comme disent les jeunes d'aujourd'hui. La musique transforme une vie.

Et puis, avec les vacances, les deux chipies sont arrivées. Adorables, je ne dirai pas le contraire... Chacune me voulait dans son lit dès que la lune grimaçait dans le ciel... Et moi, je ne pensais qu'à courir dans le jardin entre la menthe, les roses, les véroniques, les lupins, les phlox, les marguerites et les iris des massifs amoureusement soignés par la maîtresse des lieux. Ce fut un temps idyllique. Bien davantage quand j'eus conscience que, deux maisons plus loin, deux yeux verts m'observaient en s'avançant jusqu'au jardin...

La demoiselle me ressemblait. Le même pelage que le mien, sauf que moi je suis tigré sur tout le corps et qu'elle, la coquette, soigne ses dessous. Chaussettes et ventre blancs. Ce fut le coup de foudre. Mes miaulements s'enrouaient lorsque je la suivais jusqu'au noyer... Vive, elle grimpait mieux que moi, m'entraînait jusqu'aux branches fragiles, des sommets vertigineux où les oiseaux affolés se réfugiaient quand nos griffes s'approchaient de leurs nids. Pourtant, en ce temps-là, on ne cherchait pas encore à les attraper.

Et puis, nous avons grandi, Pépette et moi... Pépette, c'est son nom. J'aime bien, cela sonne comme une danse, les claquettes. Cela lui ressemble quand elle va de son pas chaloupé entre les herbes. Très vite, nous sommes devenus inséparables au cœur de cet été. Parfois, j'invitais Pépette dans la maison de mes maîtres. La maîtresse des lieux lui disait : « Pépette, ce n'est pas là que tu habites... » Mais Pépette prenait son air si tendre qu'elle la laissait laper le fond d'une tasse de lait, dévorer le reste de ma pâtée. Et hop, un oiseau nous attirait ! Sans compter que là-bas au fond du jardin, au-delà du mur qui s'écroule depuis le dernier tremblement de terre, des souris nous narguaient. Pépette et moi avons fait des concours. C'était à qui en attraperait le plus pour les rapporter sur le paillasson de ma maîtresse. Dans notre idée, c'était pour l'embêter. Les femmes hurlent à la vue des souris. Surprise pour nous, pas elle, qui n'en a pas peur. Elle gronde seulement pour les oiseaux. Une vraie fâcherie avec menace de nous donner des boîtes de supermarché en cas de récidive.

Avec le temps, Pépette est devenue une belle chatte. Forcément, les autres matous du quartier allaient venir rôder sur mes terres pour lui tenir des discours qui me feraient gonfler le poil de colère. J'ai vu ma Pépette leur lancer des œillades prometteuses. Allez vous fier aux filles, même si elle jurait n'aimer que moi quand nous nous isolions sur les fauteuils du jardin pour dormir l'un contre l'autre après une séance de lèche-lèche qui m'éblouit toujours. Les petites, qui étaient encore là, aimaient nous regarder faire. Alors, agacés, pudeur oblige, nous nous éclipsions sous les sapins. Ces choses-là ne regardent pas les humains.

Il est arrivé ce qui devait arriver, la réputation de Pépette s'est étendue à toute la rue, puis au village. Chat Roux s'est pointé un soir dans le jardin. Un rival redoutable. Je me souviens d'une bagarre mémorable. Ma première. Sans la grosse voiture du maître de maison, sous laquelle je me suis réfugié, et les cris terrifiants que je me forçais à pousser, ce vieux machin m'aurait taillé en pièces. Sur le muret, Pépette observait qui l'emporterait en se léchant avec une belle indifférence. Les filles !!! Il paraît que c'est ainsi, comme chez les humains. On se bat pour elles et elles se contentent d'accueillir le vainqueur.

Pépette a eu l'air heureuse de ma petite victoire et nous nous sommes retranchés complices dans notre cache secrète. La maîtresse des lieux nous a cherchés longtemps. C'était notre première nuit sous les étoiles...

Pépette changeait. Nous courions encore beaucoup, mais j'ai bien vu que son ventre s'arrondissait. Longtemps, elle a cru faire nos petits sous les sapins. Dans la maison de son maître, cela n'aurait été possible que le soir, car la journée il est très occupé à son exploitation agricole... De toute façon, le printemps était trop frais pour accueillir nos enfants en pleine nature. Pépette a accepté de tenter sa chance dans la maison de ma maîtresse, qui a eu l'air de comprendre la situation et lui a préparé un lieu puisque le maître de Pépette labourait ses champs avant les plantations de maïs.

Pépette m'a épaté et prouvé que Chat Roux, qui me rend toujours jaloux, n'était pas le père de l'unique chaton que son ventre a expulsé. Car, foi de Sésame, je ne suis pas partageur. Pépette est mienne, même si Nénette et la Peute, la chatte la plus moche du village, m'ont fait les yeux doux. J'ai vu combien ce petit nous ressemble. Un tigré très sombre. J'aurais bien aimé une fille aussi belle que Pépette avec des dessous blancs… Mais il est là, ce fils, notre fierté, qui nous a donné quelques soucis quant à son avenir. Qui l'adopterait ? Il lui fallait une bonne maison pour bien démarrer dans la vie.

Nous sommes à demi rassurés aujourd'hui, il paraît qu'un petit garçon là-bas en Moselle attend « Damone » avec impatience. Mon seul regret, c'est que les petites Loona et Maureen ne le connaîtront pas. Il n'est pas prévu que le ciel de Lorraine soit celui de leurs prochaines vacances. Dommage, elles auraient pu constater combien Damone est beau. Enfin, je sais qu'elles liront ce texte et y croiront, surtout depuis qu'elles connaissent Marcel Aymé, notre maître à tous dans la gent animale. Il aura été le premier à décrypter notre langage. Et ça, foi de Sésame, miaou, ce n'est pas rien…

Pas de deux

Anna avait reconduit Mélanie jusqu'au secrétariat, lui avait assuré qu'elle pourrait reprendre la course d'ici peu. Sa cheville serait assez forte pour la porter sur les pistes. Le visage de Mélanie s'était détendu, irradié par une ondée de bonheur. Elle voulait y croire, et de joie elle avait embrassé Anna avant de la quitter.

« Je reviendrai.

— J'y compte bien, mais seulement par amitié, pas pour de nouvelles séances de kiné. »

C'était bien ainsi que l'entendait la jeune sportive.

Après six mois d'une rééducation acharnée, la soif des podiums gonflait son torse, l'appel des pistes tendait ses muscles.

Anna s'accorda deux minutes avant d'aller chercher le patient suivant. Elle lava longuement ses mains, vérifia que tout était en ordre dans son cabinet et, presque par habitude, porta son regard vers le balcon. Le voilage frémissait un peu. Le vent devait se lever sur le Léman. La fraîcheur ne tarderait pas à se manifester. Anna ferma les yeux en croisant ses bras sur sa poitrine menue. Dieu qu'elle aimait ces instants où le vent frôle amoureusement les corps avant le crépuscule ! Juste quelques instants de rêverie personnelle... Elle regarda ses mains longues, effilées.

« Des mains pour courir sur un clavier... disait son oncle quand elle était petite fille.

— Des mains comme des oiseaux, pour épouser le vent, se mêler à lui dans une danse... Anna est née pour danser, comme Marika, sa mère », répliquait son père.

Anna sourit en se rappelant les disputes des deux frères.

Si mes mains courent parfois sur le clavier, messieurs, c'est pour moi seule, et quand elles se mêlent au vent, c'est le soir à l'abri des regards. Aujourd'hui, mes mains soignent les corps bloqués, tordus, blessés, mais pas seulement.

— Sylvie, je vous sens si tendue que nous ne pourrons rien faire aujourd'hui. Que se passe-t-il ?

— Je voudrais tellement redevenir belle, comme avant. Je voudrais que Pierre me regarde au lieu de détourner le regard.

— Peut-être faut-il mettre Pierre entre parenthèses lorsque vous êtes ici, et ne songer qu'à vous, qu'à vous faire plaisir. Allons, inspirez doucement, les mains posées sur vos genoux, soufflez, voilà, fermez les yeux et songez à une musique qui vous inspire le bien-être et vous emporte. Vous y êtes ?

Tout en parlant, Anna s'était approchée de la jeune femme et avait pris délicatement sa nuque entre ses mains. Doucement, mais fermement, elle la massait en descendant jusqu'aux épaules.

— Continuez à respirer ! Bien, très bien. Sortez de vous-même. Vous êtes encore contractée. Quelle musique vous vient à l'esprit ?

— Vous allez rire si je vous le dis. Vous trouverez cela ridicule, démodé.

— Rien n'est ridicule, jamais. Pensez à vous, Sylvie ! Oubliez Pierre et même ce merveilleux bébé, rien que quelques instants ! Alors, cette musique ?

— C'est une musique de ballet... La « Valse des fleurs ».

— Ah !

— Vous n'aimez pas ?

— Si... Si. Beaucoup, même ! Voilà, c'est mieux ! Ce dos est plus souple. Maintenant allongez-vous, fermez encore les yeux et guettez donc l'arrivée du prince ou de la fée.

— Du prince ? A part Pierre... Mais la fée, c'est vous !

— Ce fut, ce fut, murmura Anna pour elle-même.

Sylvie repartie, Anna vérifia son agenda sur son bureau. Encore une patiente, constata-t-elle, et je pourrai souffler. La journée avait été bien remplie.

Sarah Lindenstadt, avait écrit la secrétaire. Anna ouvrit la porte de la salle d'attente pour apercevoir une fillette de sept ou huit ans, un peu plus peut-être, assise sagement à côté de sa mère, une jeune femme très élégante. Avant qu'Anna ait pu prononcer une parole de bienvenue, l'enfant leva les yeux vers elle. Jamais Anna n'oublierait ce regard. Il lui vrilla le cœur. Tout aussitôt l'enfant saisit vivement ses béquilles pour s'avancer jusqu'à elle.

— Le docteur Meyer, qui a opéré Sarah à la suite de son accident, a pensé que vous pourriez l'aider à réaliser son rêve...

Anna se tourna vers Sarah.

— Je t'écoute, Sarah, quel est ce rêve ?

— Devenir danseuse, madame, étoile à l'Opéra de Paris ! J'ai déjà presque neuf ans et il me reste peu de temps pour préparer le concours d'entrée des petits rats. Mais j'ai déjà dansé, souvent.

Anna avait pâli. Pourquoi Meyer lui avait-il adressé, à elle, cette petite fille ? Bon sang, rageat-elle intérieurement. Meyer savait bien... Elle ferma les yeux un bref instant puis se ressaisit en croisant le regard de Sarah, empli d'une folle attente.

— Raconte-moi ton histoire.

— C'était en vacances, pas loin d'ici, entre Vevey et Montreux. Un cousin m'avait emmenée pour une promenade en calèche. Au moment de descendre, ma robe s'est accrochée au-dessus de la roue. J'ai crié, le cheval a pris peur et s'est élancé. Le cocher l'a arrêté presque aussitôt, mais mon pied était pris dans la roue. Le docteur Meyer m'a opérée plusieurs fois, et voilà...

Pendant que Sarah parlait avec une maturité étonnante pour son âge, Anna observait son pied, le palpait. Le gros orteil avait été amputé d'une partie de la phalange. Or, quand on danse, c'est sur lui qu'on prend appui.

— Vous croyez qu'elle redansera un jour ? questionna la mère.

— Si Sarah veut danser, vraiment danser, elle le pourra. Mais c'est à elle de décider. On ne danse pas pour faire plaisir à papa, à maman, à marraine... Vous comprenez, madame ?

— J'aime la danse, je ne pense qu'à ça ! s'exclama l'enfant, les yeux inondés d'espoir.

— Dans ce cas... Tu y arriveras, mais il faudra te bagarrer, parfois serrer les dents, tenir, être plus grande, plus forte que le découragement qui viendra après les exercices qui t'auront fait pleurer. Il y a un exemple dans l'histoire de la danse. C'est celui de Mireille Nègre, qui fut étoile à l'Opéra de Paris et que ta maman a sûrement connue. Elle a fini par diriger sa propre école. Mireille Nègre était venue à la danse pour rééduquer un pied qui avait été broyé dans une cage d'ascenseur.

Sarah buvait les paroles d'Anna, les yeux rivés sur elle. Un regard profond comme un lac à la tombée de la nuit. Déjà, elle disait oui à Anna. Elle aurait le même courage que Mireille. Son cœur battait à se rompre pour lui signifier son accord. Anna l'observait tandis qu'elle se rhabillait. Elle réfléchissait au programme à mettre en place. Ses pensées revenaient à Meyer. Pourquoi lui avait-il envoyé cette gamine ? A elle, Anna ? Après tout ce qu'elle avait vécu... Il fallait faire taire le chant enfoui... Mais à quoi pensait-il, Meyer ? Elle en aurait le cœur net, elle lui téléphonerait. En attendant, il ne fallait pas décevoir la fillette. Sarah et ses yeux de nuit parsemée d'étoiles. Ce regard, Anna l'avait déjà rencontré une fois dans sa vie, chez un danseur justement.

Sarah se rhabillait. Des gestes précis. Un port de tête magnifique. Une volonté affichée. C'était bon signe. Le chemin serait long, très long, mais il n'était pas impraticable. Eventuellement, d'ici à quelques mois, Anna pourrait tenter de mettre Sarah en relation avec Mireille Nègre à Paris.

— François ? Bonjour, heureuse de t'entendre !

— Bonjour, ma jolie ! Ce n'est pas si fréquent, un appel de toi ! Quand nous voyons-nous ?

— Je suis un peu débordée... Mon appel est professionnel. Je viens d'examiner la petite Sarah Lindenstadt.

— Sarah ! Une délicieuse enfant qu'un stupide accident...

— Je sais, je sais. Venons-en aux faits, ton temps est précieux, le mien aussi. Pourquoi me l'avoir adressée ?

— Ecoute-moi bien, Anna, de tous les kinés de Lausanne et de la région, toi seule as des compétences particulières dans tout ce qui touche à la danse. J'ai pensé, malgré ton histoire, que tu pouvais aider cette enfant qui a déjà failli mourir à cinq ans quand on a décelé chez elle une leucémie. Cette petite s'est battue comme une tigresse. Elle s'en est sortie, parce que dans sa tête elle avait déjà mis ses chaussons... Tu as dû remarquer son exceptionnelle maturité. Pour tout te dire, j'y suis très attaché. J'ai connu son père autrefois...

— Qu'est-il devenu ?

— Disparu en mer, lors d'une course en solitaire. On s'était promis, Pierre et moi, de veiller réciproquement sur nos enfants. Sarah est ma filleule. Je t'en prie... Aide-la.

— Je le ferai, François. Je le ferai, malgré ce qu'il m'en coûte. Sans doute suis-je un peu stupide, n'est-ce pas ? Quinze ans après...

— Tu dis des bêtises, ma jolie. Tu es la femme la plus... Tiens, on se voit quand ?

François voulait changer de sujet, fuir le registre de la nostalgie, dans lequel Anna risquait de s'égarer en égrenant ses souvenirs.

— Ton cœur est pris, n'est-ce pas ? Il n'y a pas une petite place pour François ? lança-t-il pour la taquiner.

— Il y a une grande place pour François et...

— Pour tout le monde, c'est ça ? Moi, je voudrais l'exclusivité.

— Si tu veux bien, on va la réserver à ta filleule. Sarah a besoin de nous.

— Dans ce cas, si nous sommes associés pour la bonne cause, je me rends, lança François en riant.

Sarah était très volontaire et faisait preuve d'un courage remarquable. Très vite, elle put lâcher ses béquilles, retrouver son équilibre. Anna avait fait installer une barre à sa hauteur et un miroir comme dans les cours de danse. Les rencontres commençaient par un échauffement avant de passer à des exercices directement liés à la danse. Anna avait réussi à trouver à Lausanne le fabricant capable de tailler des chaussons spécialement adaptés à la morphologie des pieds de Sarah. Inlassablement, Anna guidait sa jeune patiente, rectifiait les mouvements. Quand elle percevait un surcroît de fatigue chez Sarah, elle la faisait s'allonger, massait le pied douloureux en lui demandant de fermer les yeux et de raconter une scène de danse ou une promenade en forêt.

Un jour, François vint les surprendre durant une séance. Sarah l'aperçut dans l'immense miroir et redoubla d'efforts. Elle tenait en équilibre sur le pied opéré.

— Tu as vu, tu as vu, je peux presque sauter...

— Elle dansera, je le crois, j'en suis même certaine, affirma Anna. Le jour où elle sera admise dans le corps des petits rats, nous fêterons cela.

— Avec du champagne, n'est-ce pas, parrain ?

— C'est promis, dit-il en la soulevant dans ses bras et en la faisant tourbillonner.

— Fais attention ! hurla Anna, terrifiée. Ne la lance pas... Non !

Anna, pâle comme un linge, dut s'asseoir en s'essuyant le front. François s'approcha d'elle.

— Je te demande pardon, Anna, mais il n'y avait aucun risque.

— Aucun, en effet. N'en parlons plus !

Au fil des semaines, une réelle complicité s'installait entre Sarah et Anna.

— Elle se lève en pensant à vous, emportée par Ravel, et elle s'endort bercée par Tchaïkovski, lui confia Cécile, sa mère, avant de repartir. Il me semble que ses progrès sont spectaculaires, grâce à vous.

— Les progrès sont bien là, mais je n'y suis pour rien. J'ai rarement rencontré une telle volonté, sauf peut-être chez des sportifs de haut niveau.

— Ça doit être dans les gènes de la famille, dit doucement Cécile. Oui, ma mère dansait, ma sœur aussi. Elle est maintenant professeur de danse à Bruxelles après avoir fait partie de la troupe de Roland Petit. J'ai aussi un vague cousin, toujours du côté de ma mère, qui a fondé sa troupe aux Etats-Unis, il y a bien une dizaine d'années.

— Et vous n'avez jamais eu envie de danser ?

— Franchement, non. C'est étrange, n'est-ce pas ? J'ai trouvé à m'exprimer différemment. Je suis bien plus jeune que ma sœur et je crois avoir été agacée qu'on me la montre en exemple. La vertueuse et courageuse Isa. La belle et gracieuse Isa. Isa, toujours Isa. Alors j'ai dessiné.

— Des danseuses ? la taquina Anna.

— Oui, mais pas seulement. J'ai dessiné avec rage d'abord et puis j'ai peint. Surtout des natures mortes, comme si je voulais fixer les choses, stopper tout mouvement, arrêter le temps. Ma mère était furieuse, d'autant plus furieuse que mon père m'encourageait.

Ce temps consacré à la rééducation de Sarah rapprocha les deux femmes. Ce fut la naissance d'une belle amitié. Anna fut invitée chez Cécile, qui voulait lui montrer ses aquarelles et ses sanguines, et quelques tableaux peints au couteau. Jean-Marc, son compagnon, ingénieur des Eaux et Forêts, voulait la rencontrer.

— Madame, c'est un bonheur de vous connaître, mes deux femmes ne parlent que de vous depuis des mois. Il paraît que vous êtes la fée qui permettra à Sarah de réaliser ses rêves.

— La fée, c'est elle, et elle seule. Sarah a une volonté à toute épreuve.

Il faisait bon dans le chalet. La flambée allumée par Jean-Marc au début du repas avait répandu une douce chaleur.

« Juste ce qu'il faut pour faire oublier la fraîcheur d'un soir d'automne », avait-il déclaré en passant l'allumette sur le coin du journal qui allait embraser le petit bois judicieusement disposé sous la bûche.

Après le repas, Cécile invita Anna à visiter son atelier, une annexe du chalet que Jean-Marc avait amoureusement construite pour elle.

— J'ai besoin de calme pour peindre, d'un univers qui n'appartienne qu'à moi. Je vous ennuie sans doute, Anna.

— Pas du tout, je suis curieuse, et tout en vous écoutant j'observais ces photos encadrées au-dessus de ce chiffonnier.

— Ma sœur, Isa, dont je vous ai déjà parlé. Isa dans toute sa splendeur et sa gloire.

— Mais c'est Isa Botcheva ! Ou alors la ressemblance est surprenante...

— C'est elle. Vous la connaissez ?

— Je l'ai un peu connue quand j'étais gamine, à Bruxelles, justement.

— Vous avez dansé ?

— Vaguement, un peu comme toutes les jeunes filles de bonne famille qui font du piano et de la danse. Allons, montrez-moi vos chefs-d'œuvre !

Anna admira les toiles de Cécile, qui exposait de temps à autre, quoique de manière encore très confidentielle, confessa-t-elle.

— Jean-Marc m'encourage, mais tant que Sarah ne sera pas tirée d'affaire, je ne me donnerai pas à fond.

Les deux femmes s'étaient assises dans l'atelier sur un canapé confortable d'où l'on avait une vue très précise sur la dernière toile en chantier. Cécile peignait quasiment face à la grande baie vitrée pour profiter du paysage.

— Vous reviendrez en plein jour et vous verrez ces lieux magnifiques. Ce sont les miens. Parfois, au bout du chemin passe une biche, et de temps en temps les écureuils se risquent à deux pas de la baie parce qu'ils savent que quelques gourmandises les y attendent.

Anna admirait, approuvait, mais demeurait songeuse. Cécile la ramena doucement à la danse.

— Ainsi, vous avez connu ma sœur à Bruxelles ?

— J'étais enfant encore. C'était il y a vingt ans. Mon père, qui est diplomate, était en poste en Belgique, souffla Anna.

— Vous avez sans doute beaucoup voyagé.

— Un peu, en Europe, pas tellement au fond, mon père tenait à ce que j'aie une vie stable et normale comme toutes les petites filles du monde, se força-t-elle à dire.

— Mais votre maman ? questionna Cécile.

— Je ne l'ai pas connue, confessa Anna. Elle est morte en me donnant le jour. J'ai grandi auprès de tante Emmy, qui m'a aimée, dorlotée. Je n'ai pas manqué de tendresse. Je n'ai manqué de rien, sauf de la présence de cette mère exceptionnelle dont j'entendais vanter la grâce et le talent.

— C'était donc une artiste ? interrogea encore Cécile, les yeux brillants.

— Ma mère était danseuse au Bolchoï. Mon père l'avait rencontrée lors d'une réception officielle à Moscou. Ce fut, m'a raconté tante Emmy, une grande histoire d'amour. Mon père a mis cinq ans pour la faire sortir d'Union soviétique. S'il n'avait pas été nommé ambassadeur, il n'aurait sans doute jamais obtenu gain de cause. Ils se sont mariés et ma mère a continué sa carrière encore pendant quelques années. Elle y a mis fin à la demande de mon père, qui voulait un héritier. Et elle en est morte, laissant mon père inconsolable.

— Mais vous avez dansé ?

Anna regardait droit devant elle comme pour se donner du courage. Mais le courage de quoi ? songea-t-elle. De dire ou de se taire ?

— Pardonnez-moi, je ne voulais pas être indiscrète, se défendit Cécile, consciente qu'elle était peut-être allée trop loin.

— Après tout, soupira Anna, il est bon parfois de mettre un point à la fin d'une histoire gardée secrète et qui obsède au long des nuits.

Cécile l'encouragea d'un hochement de tête et Anna aborda le chapitre des confidences.

Oui, j'ai dansé, Cécile, mais pas par goût. Seulement parce que mon père l'exigeait. Je devais avoir cinq ans et j'avais invité des amies comme toutes les gamines de cet âge le font quand elles fêtent un anniversaire. Ce jour-là mon père est rentré et m'a surprise dans un jeu où j'étais la fée qui transformait ses petites amies. Il m'a demandé de recommencer à me baisser, à me relever, puis à tourbillonner.

« C'est extraordinaire, murmurait-il, extraordinaire, elle lui ressemble en tout point. Tu as vu, Emmy, on dirait Marika. Demain, il faut lui trouver un professeur de danse. »

Si, dans un premier temps, je fus très fière du regard de ce père souvent absent, très vite je me lassai. Je n'avais pas envie de danser. Mon père devenait furieux face à ce qu'il appelait mes caprices. Il menaçait de me punir si je ne m'exécutais pas.

« Quand on a des dons, il faut les cultiver, répétait-il. Tu es faite pour la danse. Ta maman te parle quand tu danses. Tu es la danse qui faisait vivre ta mère. »

Ce fut un calvaire. Certes, j'accumulais des récompenses, les premiers prix pleuvaient, mais je n'étais pas heureuse. L'année de mes dix-sept ans, à Bruxelles, un nouveau professeur est arrivé de Prague. Piotr n'avait pas trente ans et toutes les jeunes filles du corps de ballet étaient subjuguées par sa gentillesse et son talent. Et surtout, après les exercices classiques, il nous permettait de danser autrement. Nous pouvions ainsi « libérer » notre corps, disait-il. Il travaillait parfois avec Maurice Béjart. « La danse, c'est la capacité de s'approprier l'espace, tant au sol que dans les airs. Le danseur unit les deux », chantait-il sur quelque musique de ballet en roulant les *r*, ce qui ajoutait à son aura. Aucun professeur ne nous avait jamais parlé de la danse et du mouvement comme lui le faisait. Concentrée sur mes exercices, je me demandais si, un jour, il me distinguerait des autres danseuses. Je m'appliquais, intensifiais mes efforts, soignais ma coiffure… Je ne dansais plus pour obéir à mon père, je dansais pour que Piotr me regarde. Il continuait à observer chaque danseuse avec la même attention. Vint ce jour où il m'interpella :

« Tu sais danser, ça oui. Tu as dompté ton corps, maté tes muscles jusqu'à devenir une parfaite technicienne, mais je ne vois pas ton âme dans ce que tu fais. »

Une autre que moi lui aurait jeté un regard furieux. Je savais qu'il avait raison, mais comment lui dire mon histoire ?

« Demain, reprit-il, demain, je répète avec toi le "Pas de deux" de *Giselle.* »

Je crus défaillir alors que mes petites amies m'enviaient. Je dansai avec lui. Mais ce ne fut pas la récompense espérée.

« Anna, je ne veux pas danser avec un pantin. Il faut laisser l'émotion te gagner et la montrer... Tu n'es pas allée au-delà de toi-même. Tu gardes tant de choses en toi, tant de blessures. Veux-tu m'accorder quelques minutes après le dernier cours ? »

Il avait pris d'autorité mon menton avant de poser ses mains sur mon justaucorps, à la taille, et sans que je m'en aperçoive m'avait fait tourbillonner dans les airs.

« Farouche, hein ! Mais j'aime ça ! Tu es née pour la danse, la danse te réclame et tu ne le sais pas. Elle t'appelle comme un amoureux, mais ton corps reste sourd. Donne-lui d'y trouver sa joie. Tu seras très bien un jour chez Béjart. Veux-tu que toi et moi dansions autrement ? »

Sans attendre ma réponse, il m'avait entraînée jusque sur la scène du théâtre où notre école répétait. J'ouvrais de grands yeux, ravie et apeurée.

« Imagine et danse comme tu le désires. Tu es le Petit Chaperon rouge qui traverse innocemment la forêt sans savoir qu'un loup rôde et dévore les fillettes imprudentes, désobéissantes. Je serai le loup qui guette sa proie, qui se réjouit de la rencontrer et savoure par avance sa victoire. Mais il est possible que cette rencontre soit différente de celle du conte. C'est la danse, nos pas, les sentiments qui écriront la fin de l'histoire. »

J'étais ébahie en écoutant ce discours inhabituel. Quel était donc le message de Piotr ? Je dansai, maladroitement, perdue sans mes repères... Le loup était caché dans les rideaux, tantôt il surgissait, faisait des pitreries, essayait de m'attraper...

« Si tu as peur, montre-le. Cours s'il le faut, mais avec grâce. Invente le mouvement. Oublie ce que tu as appris en cours. »

Ainsi donc, la danse était une autre vie où le corps se faisait langage. Les grands yeux sombres de Piotr n'y étaient pas étrangers. Dès qu'ils me frôlaient, ils faisaient battre toutes les fibres de ce corps jusque-là réduit à une mécanique bien huilée.

« Mieux, bien mieux. Tu es belle, Anna... Oui, très belle quand tu te donnes. Pour le prochain spectacle, nous pourrions créer cette "Promenade du Chaperon rouge", sur une musique tourmentée, une musique de chez moi, ou une musique russe, qu'en dis-tu ? »

Je ne vivais plus que pour les « après-cours ». J'aurais fait n'importe quoi pour me retrouver dans les bras de Piotr et danser. Je courais, virevoltais, me jetais dans ses bras qui m'attrapaient, me faisaient tournoyer dans les airs, me portaient d'un bout de la scène à l'autre avant de me poser délicatement au sol, ivre de bonheur.

« Pour l'instant, tu es encore soumise, c'est trop facile pour moi. La danse, c'est comme l'amour, un apprivoisement, une lutte, disons un jeu avant la communion et la plénitude. Fouille ton cœur et tes sentiments. Un frémissement, un souffle d'air, un regard, une main, une phalange qui tremble... »

Mon père est un jour venu surprendre une de nos répétitions.

« C'est ça que vous allez danser ?

— Oui, monsieur, ça et d'autres choses plus classiques qu'Anna exécute presque à la perfection. Mais ça, comme vous dites, ce sera en fin de spectacle. Il est important de montrer au public que la danse, pour exprimer la vie, ne doit être ni figée, ni trop académique. »

J'aimais quand il parlait. Ses yeux laissaient voir la flamme qui les animait. Sa voix sourde était déjà le mouvement qui faisait vibrer l'autre. Il me séduisait, mais m'effrayait à la fois par les sentiments qu'il faisait monter en moi et qui me vrillaient les tripes. Pour y échapper, vaillante petite élève, je fermais les yeux quand il me prenait en poisson pour un porté audacieux et que nous quittions ensuite les règles du classique pour ouvrir le registre d'une danse plus acrobatique. S'en apercevait-il ? Il lui arrivait de se fâcher en me posant au sol.

« Ne pense pas à Marika ! Tu es Anna. C'est avec toi que je veux danser, c'est ton âme que je veux capter. N'oublie pas, le danseur donne, donne. Il est seul en ces instants, mais il est porté par une attente qui le dépasse. Celle du public venu pour la part de rêve qu'il ne peut exprimer. Le danseur donne, donne, c'est sa vocation. Sa danse pousse les portes du temps, l'abolit jusqu'à l'accomplissement qu'il cueille dans les bravos de la salle. A cet instant, à cet instant seulement, il sait qu'il a peut-être effleuré le ciel, touché les nuages du bout des doigts, entendu le chœur des anges. Peut-être a-t-il eu la fugitive vision de l'espace éternité. »

J'ai eu dix-huit ans. Un soir, après le cours, il m'a entraînée dans une promenade au cœur de Bruxelles, jusqu'à la statue du *Manneken-Pis*. Nous avons ri comme tous les jeunes du monde au spectacle de la rue. Parfois, il s'arrêtait, me saisissait à la taille et me portait. La rue devenait pour nous une scène. Et puis nous courions tels deux enfants. Il a acheté une énorme gaufre à un marchand ambulant.

« On la mange ensemble. Tu mets un coin dans ta bouche et moi un autre dans la mienne, et on grignote. Pas une miette ne doit tomber à terre, sinon à l'arrivée je te vole un baiser. »

Il avait les yeux gourmands et j'étais affolée. Quand nos lèvres se sont rejointes, j'ai fermé les yeux. Ce fut une esquisse de caresse, un doux frôlement et l'éclair de l'orage à la fois. Nous étions saisis, éblouis. Le soir tombait doucement. Il a pris ma main dans la sienne, l'a portée à ses lèvres pour effleurer le bout de mes doigts et a murmuré : « Bel ange. » J'aurais voulu mourir sur-le-champ.

Le lendemain, il était redevenu le professeur, sévère et rigoureux. Mais tout était changé. J'étais sûre de mon amour, mais pas du sien. Alors, sur scène, je voulus me dépasser. J'oubliai mon père et ma mère en son paradis. J'étais Anna. Mes chaussons frappaient le sol pour le signifier. Je trépignais, me cambrais, posais mes mains sur mes hanches avant de m'élancer, de sauter, de retomber avec joie et colère. J'étais Anna, enfin quoi, qu'on me regarde ! Oui, c'était moi, Anna ! Anna, qui voulait saisir, ravir Piotr. Je fus le Chaperon rouge, une petite fille, joueuse, naïve, séductrice. Oui, je me risquais enfin tout en observant Piotr, dont les sourcils se dressaient et dessinaient une onde de contentement qui illuminait ses yeux sombres.

« Tu y es presque, bel ange, la danse, c'est toujours un acte d'amour, un éternel ballet d'amour. »

Mon Dieu que je l'aimais ! C'était donc cela, aimer ! Cette attente fiévreuse qui me faisait tout oser, dès lors que je savais Piotr prêt à m'ouvrir les bras... Il me lançait en l'air avant et après les portés... Parfois, un soupçon de crainte se glissait entre nous.

« Si tu as confiance en moi, tout ira bien, disait-il en me posant à terre. C'est comme notre “secret”. »

Notre secret... Mais il ne m'avait encore rien avoué. S'il murmurait parfois « mon cœur » quand nous dansions, rien d'autre que ce que j'appelais le « baiser de la gaufre » ne s'était produit.

La veille du spectacle, je me disputai avec mon père quand je lui parlai de mon avenir : quitter le ballet classique pour une troupe où je pourrais trouver une expression plus proche de mon tempérament.

« C'est ce Piotr qui t'a mis ces folies en tête. Naïve, il se sert de toi. Fille ingrate, tu fais mourir ta mère pour la deuxième fois avec de telles idées. »

Bien que blessée, je ne répondis pas, mais Piotr perçut mon tourment à la manière dont je dansai ensuite avec lui.

« Quelque chose te tracasse, bel ange, je ne te sens pas. »

Il se mit à genoux devant moi, une main sur son cœur et l'autre sur le mien.

« Tu sens comme la danse unit nos cœurs et nos âmes, mon ange ? »

Je gardais le silence, j'avais la gorge nouée et les yeux pleins de larmes.

« Nous danserons comme personne, tu verras. Si tu m'aimes et as confiance, tout ira bien. Quand le public applaudira, ton père saura qu'il s'est trompé et Marika, là où elle est, sera heureuse... »

Ses paroles étaient un baume sur mon cœur.

Anna s'était arrêtée de raconter. Cécile perçut le trouble qui l'avait saisie. Elle passa un bras autour de ses épaules et l'entendit murmurer :

— Je vous ennuie, n'est-ce pas ? Cette histoire est stupide...

— Non, Anna, je comprends mieux, ou je crois deviner un drame, c'est bien cela ?

Anna acquiesça d'un battement de cils et poursuivit son récit.

Je n'ai pas dansé la « Promenade du Chaperon rouge » devant le public, parce qu'avant le début du spectacle j'ai voulu répéter, une dernière fois, avec Piotr, quelques passages difficiles de notre prestation. L'image de mon père furieux se dressait devant moi et le portrait de ma mère posé sur son bureau faisait écran. Je ne voyais plus Piotr et je suis tombée. Une fracture de la colonne vertébrale tandis que ma tête, qui avait heurté un tube de métal que les machinistes avaient abandonné là, se brouillait jusqu'à se laisser engloutir dans une nuit terrible. Le dernier visage que j'ai vu avant de perdre connaissance a été celui de Piotr penché sur moi et caressant mes joues du bout des doigts. Il murmurait :

« Mon bel ange, mon amour, on va te guérir. Je t'aime. »

Le traumatisme crânien n'inquiéta pas vraiment le corps médical. Ce qui le préoccupait était d'un autre ordre. Les trois médecins qui tentaient de me guérir n'étaient pas certains que je puisse un jour remarcher normalement, c'est-à-dire sans l'aide de béquilles. En leur présence, je fanfaronnais en leur assurant que je sentais quelques picotements dans les jambes et le bas du dos. Ils levaient les yeux au ciel, pensant que je délirais. Les calmants me faisaient voir la vie en rose. Mon père restait à mes côtés, très malheureux, semblait-il. Il me couvrait de cadeaux, me faisait mille promesses de voyages. Pouvais-je lui confier que je ne désirais qu'une seule personne à mon chevet : Piotr ? Mais il ne vint pas. Il ne vint jamais. Il avait quitté Bruxelles, disait mon père sans donner d'autre explication. Mais il n'omettait jamais de lâcher la même phrase assassine :

« Heureusement, car cet homme a failli te tuer. »

Je savais bien que ce n'était pas vrai. Ma chute ne s'était pas produite au cours du passage le plus difficile. J'étais tendue ce jour-là, à cause de mon père qui serait présent dans la salle, et je redoutais l'issue du spectacle car je lui ferais part de ma décision de suivre Piotr en tournée. J'ai seulement douté de moi. Le pas de deux est devenu un faux pas et le bel ange a chuté.

Les journées sont longues à l'hôpital quand on attend un signe de l'être aimé. J'étais seule. Toute visite m'était interdite afin de ne pas compromettre les chances, même infimes, de recouvrer l'usage de mes membres. C'est ce que me dirent les infirmières. Alors je dictai une lettre à une aide-soignante et la chargeai de la porter à Piotr au théâtre. Elle promit de le faire. Mais je n'eus jamais de réponse. J'étais anéantie.

J'ai pensé mille choses. Que Piotr s'était servi de moi pour un ballet qu'il voulait créer. Pour que je donne le meilleur, il m'avait joué la comédie de l'amour. J'ai douté de lui, puis l'ai maudit après l'avoir tant aimé.

La haine née du désamour fit se lever en moi une sorte de rage. Si je ne pouvais plus danser, je marcherais et je tenterais de donner un sens à ma vie. Au centre de rééducation, je me liai à Anne-Claire, une jeune femme médecin. Je lui fis part de mon désir de suivre des études de médecine afin de devenir kinésithérapeute. Je ne voulus pas rester à Bruxelles, la ville où mon rêve s'était brisé. On m'avait prédit une longue rééducation, mais je mis toute mon énergie à la raccourcir.

Anne-Claire me trouva un lieu ici, à Lausanne, dans un premier temps. Je logeais chez une de ses tantes et fréquentais l'université. J'étais loin de Bruxelles et c'était bien. Pendant mon temps libre, je pouvais m'épuiser en forêt, ou errer dans les vignobles proches de Vevey et de Montreux afin de tuer mes rêves de danse.

— Pourtant, c'est à Lausanne que Béjart s'est finalement établi, la coupa Cécile.

— Je n'y ai pas réfléchi. Je n'y ai même pas songé. Mais ce que je puis vous dire, c'est que jamais je n'ai assisté à un spectacle de danse quel qu'il soit. Sans Sarah, votre fille, qui a fait irruption dans ma vie...

— Anna ! Et si je vous demandais d'accompagner Sarah et moi-même à l'un des spectacles de rentrée où l'on reprendra la *Messe pour le temps présent* de Béjart, vous viendriez ? Nous pourrions prolonger la soirée autour d'une bonne table. Jean-Marc y tient. Ce serait pour fêter la guérison de Sarah. Vous lui feriez un immense plaisir.

Le silence retomba. Les deux femmes restaient assises côte à côte.

Cécile se redressa et reprit la parole, un ton plus bas. Un voile de tristesse ombrait sa voix.

— Je comprends, n'en parlons plus, lâcha-t-elle.

— Si, au contraire, parlons-en. Sarah est sur la bonne voie et il est temps que j'emprunte la mienne et chasse les vieux fantômes. J'irai.

Il faisait sombre dans l'atelier, et Anna ne vit pas la lueur de ravissement qui s'empara de Cécile.

Anna avait la bouche sèche pendant le spectacle. Elle ne pouvait contrôler les battements de son cœur. Ce danseur, mon Dieu, qui était-il ? Il dansait comme seul Piotr savait le faire, il y a quinze ans. Elle aurait juré que c'était lui.

Mais non, se raisonna-t-elle, c'est impossible. Quinze ans ont passé. C'est seulement le fait de me retrouver dans un lieu où vibrent les corps. Ce lieu réveille mes souvenirs.

Et les souvenirs se précisaient, bousculaient toute sa raison. Ce danseur, c'était Piotr... Si elle avait lu le programme mis à disposition à l'entrée, près du vestiaire, elle l'aurait su. Mais elle avait suivi Cécile, Jean-Marc et Sarah en faisant taire tout sentiment. Elle avait seulement entendu la petite voix de Sarah :

« Après le spectacle, il y aura une surprise... »

Oui, le repas, elle était au courant, et un cadeau pour Sarah... Derrière elle une spectatrice glissait à sa voisine que Béjart avait fait appel à des danseurs d'une troupe de Californie. Alors, Lausanne, Bruxelles, la Californie, tout se brouilla, seule restait cette figure exécutée par Piotr et elle, un jour fatal de juin. Tout était encore si proche.

Au restaurant, la table était réservée. Anna était arrivée la première. Sarah et ses parents devaient repasser par chez eux.

— Une table au nom de la famille Höffmann, oui, c'est bien cela, une table de cinq, dit le serveur en s'inclinant respectueusement.

— Mais nous ne serons que quatre, balbutia Anna.

Il ne l'entendit pas et la guida jusqu'à la table réservée.

Un homme s'y trouvait déjà. Il lisait le menu. Lorsque Anna, visiblement décontenancée, posa la main sur le siège, il leva les yeux et Anna étouffa un cri.

— Piotr !

— Anna ! Tout ce temps ! Je...

Il se leva vivement, prit sa main et la porta à ses lèvres.

— Cette fois, il n'y a pas ton père pour m'interdire ta porte. Jusqu'au moment du départ de la troupe, je suis venu tous les jours à l'hôpital, mais j'étais indésirable. Ton père m'a chassé. Je t'ai écrit et tu ne m'as pas répondu. Je suis revenu à Bruxelles, tu n'y habitais plus. Tu m'as tant manqué pendant toutes ces années. J'aimais danser avec toi, mais tu n'aurais pas été danseuse que je t'aurais aimée, Anna. Sans toi à mes côtés, l'Europe n'avait plus aucun attrait. Je suis parti pour les Etats-Unis, tentant de vivre ou plutôt de survivre en créant ma troupe... Et puis j'ai reçu une lettre de ma cousine Cécile m'expliquant que Sarah pourrait sans doute danser grâce à une femme extraordinaire dont la carrière de danseuse s'était brisée à Bruxelles... J'ai su que c'était toi. Mon cœur, mon âme me l'assuraient. Et comme ce spectacle de Béjart reprenait ce beau ballet en souvenir de son ami, avec l'espoir fou de te revoir, je suis venu.

Sarah, Jean-Marc et Cécile venaient d'entrer. Les larmes coulaient sur les joues d'Anna. Piotr les essuya du bout des doigts avant de se pencher pour l'embrasser.

— Bel ange, enfin... nous voici réunis.

Le silence de Mireille

Noël approchait. Jeannette avait entrepris de ranger la maison afin d'installer comme chaque année le grand sapin. Raymond, son mari, était prié de mettre son marteau, ses limes et sa boîte de clous sur le rayon à outils dans le placard d'entrée, faute de quoi le tout finirait dans un sac-poubelle. Etait-ce la place de tout ce fouillis sous l'armoire de la chambre ? Raymond disait avec humour qu'ainsi il trouvait ce qu'il cherchait tout de suite et pouvait réparer les dégâts causés par les enfants. Dame, six gamins, trois garçons et trois filles, ça met un peu d'ambiance. Certes, ce n'était pas Mireille, la nouvelle arrivée, qui risquait de casser quelque chose. Cette gosse-là, depuis que l'assistante sociale l'avait déposée, ne quittait pas la chaise placée devant la large baie vitrée, entre le téléviseur et la petite table où trônaient deux jardinières de cactus et quelques autres plantes d'appartement. Mireille mangeait en silence, se lavait en silence, se couchait en silence, ne posait aucun problème de discipline à l'école, et quand elle n'avait rien à faire, elle s'asseyait sur cette chaise et regardait les espaces verts entre les bâtiments. Les arbres avaient perdu leurs feuilles, qui jonchaient le sol. On aurait pu croire qu'elle les comptait. Parfois, Thomas et Juliette, les plus jeunes, qui avaient sensiblement le même âge que Mireille, osaient une approche, tentaient de l'entraîner dans un jeu, lui proposaient de tourner avec eux les pages d'un livre d'images, ou insistaient pour une sortie sur l'aire de jeu. Mais c'était toujours la même réponse : un haussement d'épaules et un signe négatif de la tête qui faisait voler sa chevelure bouclée dont la frange venait manger ses épais sourcils.

Jeannette s'était approchée d'elle quand la maison était vide et avait réussi à croiser son regard.

« Tu parleras quand tu en auras envie, nous sommes là pour t'aider », lui avait-elle répété avec douceur.

Jeannette voulait croire que la carapace de la fillette finirait par se fissurer.

Raymond, quant à lui, se désespérait. Il attendait que tous les enfants soient couchés pour parler à voix basse sous les couvertures.

— Elle est bien gentille, ta copine assistante sociale, elle nous a parfois confié des enfants à problèmes, mais cette petite de cinq ans, c'est un cas. Cela fait un mois qu'elle est ici et nous ne connaissons pas le son de sa voix.

— Tu as oublié le petit Jean qui se tapait la tête contre les murs et Coralie qui se sauvait tous les soirs pour aller dormir à même le sol dans l'entrée de l'immeuble.

— Oui, mais eux parlaient. Parfois, ils criaient, mais on finissait par découvrir l'épine plantée dans leur cœur. Il suffisait ensuite de l'arracher et de soigner la plaie. Avec elle, que faire ? On ne peut même pas la regarder dans les yeux. On dirait une petite tigresse prête à dévorer la terre entière.

— Parce que la blessure est profonde. L'épine est plus grosse, soupira Jeannette. Laisse-lui le temps de s'habituer à nous.

— Quand même, ta copine, elle aurait pu nous dire ce qui s'est réellement passé pendant ces cinq années dans la ferme où elle vivait. Je veux bien qu'il ne nous appartienne pas de faire des commentaires, ce n'est pas notre rôle, et que, tant qu'une affaire n'est pas jugée, les présumés coupables demeurent innocents, mais comment aider cette gamine à se reconstruire, à se réconcilier avec la vie si nous ignorons tout ? Comment lui tendre la perche ?

— De toute façon, elle n'est ici que pour quelques semaines, le temps que les services sociaux trouvent une solution.

— Oui, comme pour Jean, qui est toujours là et que nous avons même adopté… Ta copine, elle a trouvé la bonne famille à qui filer les cas les plus difficiles, grogna Raymond.

— C'est que nous sommes les meilleurs parents, mon chéri, et toi, tu es un père admirable, le taquina-t-elle.

Mireille ne dormit pas de la nuit, recroquevillée dans son lit. Jeannette l'avait entendue renifler et s'était relevée pour aller consoler ce trop gros chagrin. Elle lui avait promis une surprise... On allait décorer la maison pour la Saint-Nicolas et la fête de Noël qui arriverait très vite... Elle avait caressé ses cheveux avec tendresse, retendu la couette et embrassé la petite sur le front. Si Mireille ne s'était pas dérobée, elle n'avait pas osé lever les yeux vers cette femme dont l'attitude tendre la déstabilisait. Jeannette l'avait bien compris. Cette petite fille restait à apprivoiser. La tâche ne lui paraissait pas impossible. Les larmes de l'enfant étaient déjà le signe que la carapace se fissurait.

« Je suis là pour sécher tes larmes et dessiner le sourire sur tes lèvres. Dors bien, ma jolie. »

Le temps était frais, le ciel couvert et bas pour un 1er décembre. L'hiver frappait à la porte avant la date... Jeannette entreprit de faire un gâteau et d'y associer les plus jeunes... Elle espérait surtout que Mireille accepterait de se joindre au groupe. Elle l'imaginait avec un sourire aux lèvres qui ferait remonter ses fossettes et donnerait un éclat de gourmandise à son regard précédant le doigt qui plongerait dans la pâte onctueuse vanillée. Si cela pouvait être…

Or, Mireille resta obstinément assise sur sa chaise, les jambes serrées, les coudes posés sur ses cuisses et la tête appuyée sur la paume de ses mains. Ce jour-là, elle ne regarda même pas par la grande baie vitrée qui s'ouvrait sur les espaces verts. Pourtant, de temps à autre, le ciel laissait échapper quelques flocons. Mireille restait dans son monde, telle une égarée. Raymond revint de courses. Il annonça triomphalement que le catalogue de jouets était enfin arrivé. Ce dernier était très épais, ce qui signifiait que le choix serait difficile. Il contenait tous les rêves possibles.

Les plus jeunes quittèrent un instant les spatules et les bols tandis que Jeannette riait de leur enthousiasme. Elle observa Mireille, prostrée, insensible, perdue.

Raymond se laissa choir sur le canapé de velours rouge sombre en tenant le volumineux catalogue. Aussitôt les enfants se précipitèrent.

— Montre !

— Fais voir !

— Eh, attends, moi aussi je veux regarder…

Ça piaillait d'impatience et de bonheur. Cette hâte, ces désirs qui s'exprimaient allaient bien ouvrir la porte du cœur d'une gamine qui s'efforçait de la maintenir fermée.

— Allez, viens, Mireille, viens choisir un jouet pour le commander au père Noël.

Jeannette la vit tressaillir avant de se reprendre.

Raymond insista doucement :

— Viens près de moi, Mireille, nous allons choisir. Il y a tellement de jolies choses.

Elle quitta enfin sa chaise pour se mettre debout et articula douloureusement :

— Pour les gosses comme moi, la mère Dora dit qu'il n'y a pas de Noël.

La mère Dora ! L'horrible femme de la ferme, arrêtée pour complicité de mauvais traitements et d'autres choses sans doute...

— Viens quand même regarder, rétorqua Raymond. Ici, il n'y a pas de mère Dora, et chez nous, Noël, c'est pour tout le monde.

Elle avait les yeux emplis de larmes et reniflait. Jeannette avait rejoint Raymond et les enfants vautrés sur le grand tapis. Elle crut à un miracle en voyant Mireille avancer doucement vers le canapé puis faire demi-tour et aller vers elle dans un murmure sourd.

— Je voudrais une poupée, une poupée avec une jupe longue serrée aux pieds... Pour que personne ne lui fasse mal et n'ouvre ses jambes, réussit-elle à dire en se jetant dans les bras de Jeannette. La poupée, elle aura des cheveux comme moi. Ce sera ma fille et je la protégerai. Personne n'y touchera, sauf moi, tu promets, maman Jeannette ?

— Je te le promets, Mireille, personne n'y touchera. Raymond et moi, nous veillerons sur toi et sur elle.

— Je me doutais bien que des choses graves s'étaient passées, grommela Raymond. Il y a des hommes et des femmes qui sont la honte de la société quand ils s'attaquent à l'innocence. Appelle ta copine, Jeannette. Tu penses comme moi, je le sais. Nous avons cinq enfants, certes... Nous pouvons bien en avoir six. C'est une urgence, Mireille a confiance en nous et a besoin de notre aide. Viens, Mireille, ajouta-t-il en se tournant vers elle, choisis donc ta poupée, une jolie poupée qui te ressemble et que tu aimeras autant que nous t'aimons déjà tous ici.

Hélène aux Philippines

La crainte se lisait dans le regard sombre d'Inès lorsque Hélène s'avança vers elle.

— N'aie pas peur, montre-moi ces pieds qui te font souffrir, lui dit-elle en anglais.

L'enfant se raidit, cacha son visage derrière son avant-bras et recula, terrorisée, jusqu'au mur. Hélène soupira et appela sœur Suzanna.

— Elle semble ne pas comprendre ce que je lui demande. Dites-lui que je veux seulement la soigner, lui ôter son mal.

Sœur Suzanna s'approcha d'Inès, s'accroupit devant elle et lui parla en tagalog. L'enfant se mit à pleurer. Doucement, tout en caressant ses cheveux, sœur Suzanna questionna la fillette. Hélène observait la scène. Cette religieuse américano-philippine faisait des merveilles auprès des enfants qui venaient se faire soigner au dispensaire.

— Doc, la petite Inès n'a pas peur de vous, au contraire. Elle dit qu'elle ne veut pas guérir pour ne pas repartir avec son frère Jerry.

— C'est insensé, c'est pourtant lui qui l'a conduite ici pour la faire soigner...

L'enfant continuait de pleurer et sœur Suzanna l'écoutait, la consolait, tentait de la rassurer.

— Comment se fait-il, si elle s'est brûlée à Tambakan, la Montagne fumante, qu'elle vienne se faire soigner ici, à plus de dix kilomètres ? Il y a un centre de soins près de Tambakan.

— Je crois, Doc, qu'il s'agit d'une affaire bien compliquée. Inès travaille effectivement avec ses petites sœurs sur la Montagne fumante. Elle connaît parfaitement les éducateurs de l'association avec laquelle nous sommes en relation à Tambakan. Deux ou trois fois par semaine, Inès, comme d'autres enfants, va apprendre à lire et à écrire dans l'une des classes ouvertes par Henri et Jacques.

— Mais comment a-t-elle fait pour se brûler de la sorte ? demanda Hélène. C'est déjà une grande fille. Elle a presque huit ans.

— Elle dit que les anciens du gang qui avaient pris Jerry sont revenus le voir. Elle les a entendus crier : « Ta sœur, si t'as pas l'argent ! »

— J'ai compris, soupira Hélène, on la garde. De toute façon, on ne peut pas faire autrement, même pansée, elle ne pourra pas marcher dix kilomètres dans cet état. Qu'elle soit parvenue jusqu'ici tient du miracle.

— Elle s'est sauvée. Jerry l'a rattrapée à mi-chemin et c'est lui qui l'a conduite ici. Mais il est catégorique : Inès doit rentrer avec lui. Il attend dans le jardin.

— Je crois que Jerry et moi allons avoir une petite conversation, déclara Hélène. Il parle anglais, le beau Jerry ?

— Oui, mais allez-y doucement. Même s'il est un gentil garçon, il a flirté avec la rue et, comme pas mal de gosses dans son cas, il a très probablement dealé pour survivre. Quand les éducateurs de notre association sont entrés en contact avec lui, il s'est montré coopératif et a prouvé son désir de s'en sortir. Jerry est un sujet facile, car il a encore sa famille, dans laquelle il réapparaît de temps à autre pour glisser quelques pesos aux siens. Il veut gagner de l'argent pour que ses petites sœurs ne fréquentent pas Ermita comme ses cousines.

— Ermita, c'est un quartier chaud, je me trompe ?

— Vous ne vous trompez pas, Doc. Jerry est intelligent, il a vite appris à écrire, mais il est un peu froussard. Les éducateurs l'ont changé de quartier pour qu'il garde le contact avec les siens. Ils ont fait du bon travail. Lui aussi. Pour nous, c'est la preuve que notre action est valable. Vous voyez, Doc, on ne devrait jamais dire qu'un gosse des rues est irrécupérable. Depuis deux ans, Jerry encadre des plus petits qui travaillent à Tambakan. Il visite les familles, les convainc de laisser un peu de temps à leurs enfants pour apprendre à lire. Ils auront ainsi une vie et un avenir meilleurs.

— Reste qu'aujourd'hui la petite est en danger. Je me demande même si elle ne s'est pas brûlée volontairement pour échapper à Ermita...

— C'est exact, Doc, soupira sœur Suzanna, elle dit qu'elle préfère devenir laide ou même mourir plutôt que de rejoindre ses cousines.

Jerry se défendait : il n'était pas un *bogaw* – un souteneur –, il ne voulait pas vendre sa sœur. Il n'était pas fou. Oui, des anciens du gang des Spoutniks étaient venus à Tambakan. Ils l'avaient déshabillé pour vérifier sa fesse droite, là où le gang l'avait tatoué quand il avait six ans. Ils s'étaient moqués de lui, des quelques pesos qu'il gagnait honnêtement, de ses vêtements pas américanos du tout. A Hélène, il jurait ses grands dieux qu'il leur avait résisté. Il jurait sur la madone de la grotte au fond du jardin du dispensaire, sur la tête de sa grand-mère, qu'il n'avait pas retouché à la drogue. Inès avait mal compris. Mais il devait reprendre sa sœur. C'était à lui de veiller sur elle. Hélène lui expliqua que les brûlures étaient très graves, qu'Inès devait rester en observation une ou deux semaines. Jerry se fâcha.

— De toute façon, elle restera pas, menaça-t-il, elle va pas vivre à l'hôpital. Je reviendrai la chercher...

Hélène avait le pressentiment qu'il disait vrai. Suzanna ne savait pas vraiment. Pour elle, Jerry ne voulait pas perdre la face devant une étrangère.

— La fierté des mâles, ajouta Suzanna avec un clin d'œil.

Hélène était inquiète. Cette histoire d'anciens du gang qui avaient retrouvé Jerry la tracassait.

Jerry avait-il une vieille dette qu'il n'avait pas réglée avant que les éducateurs le rencontrent ? Suzanna n'en savait pas plus.

— A l'occasion, j'en parlerai à Henri, qui suit les équipes de travailleurs sociaux à Tambakan.

— Et les parents de ces enfants ? demanda soudain Hélène.

— Il ne faut attendre aucun secours de leur part. La femme qui vit avec leur père n'est pas leur mère. Cette dernière a suivi un autre homme avec le plus jeune de ses enfants, en abandonnant les aînés. Depuis, le père s'est mis en ménage avec une nouvelle compagne à qui il a déjà fait deux petits. Il serait sans doute plus sage d'éloigner Inès pendant quelque temps, au cas où Jerry aurait l'idée de revenir. Je vais appeler un des homes d'enfants dont s'occupe Jacques. Peut-être lui trouvera-t-il une place.

— Et si Jerry revient avant ?

— On lui racontera une version plausible pour lui ôter l'idée de passer à l'action.

— Je m'en chargerai, moi, lança Frankie qui venait d'arriver.

Il jeta son sac au pied du portemanteau et ajouta en riant :

— J'ai du muscle, mesdames. Le beau Jerry trouvera à qui parler.

— Tu es gentil, Frankie, admit sœur Suzanna, mais tu ne parles pas tagalog et ton anglais est très approximatif. Laisse-moi faire. Si Jerry s'est fourvoyé, il a surtout besoin d'aide. Quant aux caïds, qu'ils viennent. J'ai déjà eu l'occasion d'user de quelques arguments spécifiques pour faire entendre raison à certains, venus récupérer leurs protégés qui tentaient de leur échapper.

— Et si on vous cherche querelle, si on veut se venger ? interrogea Frankie.

— Justement, j'ai des arguments.

— Lesquels ? demanda Hélène avec une curiosité non dissimulée. Et surtout comment pratiquez-vous ?

— D'abord, je les mets en confiance. Je les fais parler, donc j'apprends des choses. Ma mère était philippine. Pour eux, je suis des leurs. Et puis, dans la conversation, je glisse des choses du genre : on peut compter sur moi ; j'admire d'ailleurs leurs qualités de vrais chefs et j'aime leur générosité ; alors pour cette fois, ils peuvent bien laisser le gamin ou la gamine se rétablir dans de bonnes conditions. Je leur dis aussi que l'époque est difficile, que la police devient dure, multiplie les arrestations. Ils pourraient en faire les frais, tout comme le dispensaire pourrait être l'objet de quelques visites policières... Mais ils peuvent être tranquilles, si ça arrive, c'est bouche cousue, à condition de laisser l'enfant recevoir les soins nécessaires.

— Waouhhh ! La sœur est une menteuse qui joue au maître chanteur ! C'est pas un péché, ça ? s'exclama Frankie, qui jubilait.

Rire de Suzanna.

— Pas si c'est pour la bonne cause.

— Et ça marche, ce chantage ?

— Mon petit Frankie, tu sais qu'ici on est très religieux, catholiques à quatre-vingt-dix pour cent. Pourquoi mettre en doute mes propos ? La parole d'une religieuse est presque sacrée. Jusqu'ici j'ai toujours été respectée. Les voyous ont toujours fait profil bas avec moi et j'ai souvent limité leurs mauvaises actions en leur filant une bonne frousse.

Frankie était tout ouïe. Il ne regrettait pas sa venue aux Philippines. Depuis un an, il travaillait pour l'association de Jacques et Henri œuvrant pour les enfants des rues, en relation avec les services sociaux du pays. Il se sentait dépassé par l'ampleur de la tâche, qui allait du secteur scolaire au secteur sanitaire en passant par le développement d'actions de prévention auprès des familles les plus pauvres.

Hélène soupira en lisant la souffrance sur le visage d'Inès. Frankie l'aidait à terminer les pansements. La fillette serrait les dents, mais ne se plaignait pas.

— Je me demande ce que dirait mon père s'il voyait cela, murmura Frankie pour lui-même. Rien sans doute. Il doit bien se moquer des gosses qui vivent démunis de tout. Pour lui, seul compte le fric que lui rapportent les riches bourgeoises qui se font lifter.

— Ton père est médecin ?

— En principe, oui. Mais pas médecin comme vous. Lui, il a un carnet de chèques dans la tête et le cœur. Enfin, il y a cinq ans, il était encore comme ça. C'est pour ça que j'ai pris mes distances et que j'ai coupé les ponts. Mais ne me questionnez pas. J'aime pas vraiment en parler.

Hélène n'insista pas. Elle admirait la patience et la douceur dont usait le jeune homme auprès de la fillette.

Dès que les soins furent terminés, il la porta dans la salle de jeux et entreprit de faire un puzzle avec elle afin de l'apprivoiser. Il venait au dispensaire chaque jour pour animer les fins d'après-midi des enfants dont l'état de santé nécessitait un certain repos.

Hélène était maintenant penchée sur un bébé qu'elle baptisa « Bout de Chou ». Une petite fille l'avait déposé et était repartie très vite. Bout de Chou semblait être parvenu aux portes de la mort, brûlant de fièvre, les yeux quasi révulsés. Hélène pinça la peau du ventre de l'enfant et fit la grimace. Si on n'intervenait pas rapidement, il mourrait.

Luisa, l'élève infirmière, appela Hélène :

— Doc, le téléphone, c'est pour vous. Prenez la communication dans votre bureau, je crois que c'est personnel. On vous appelle de l'étranger.

Stupéfaite et agacée, Hélène confia Bout de Chou à Suzanna.

— Ce bébé souffre d'une sérieuse bronchite qui nécessite des antibiotiques dont nous commençons à manquer ; ça, c'est un point, mais le plus grave, en cet instant, est son degré de déshydratation. S'il faut le mettre sous perfusion immédiatement, il convient aussi de le baigner tout de suite.

— Jolie déserteuse, m'accueilleriez-vous pendant quelques jours ? Je ne suis pas très loin.

Hélène crut à une farce en reconnaissant la voix de Maxime et ne trouva rien à répondre.

— Allô ! Seriez-vous devenue sourde, Hélène ? C'est Maxime, je suis à Bornéo.

— Maxime, Maxime, répétait Hélène pour se convaincre de la réalité de l'appel.

— Ne me dis pas que tu m'as oublié. Deux ans depuis ton départ ! Tu vas bien ?

Hélène s'était ressaisie, forçant la boule qui lui était venue dans la gorge à abandonner le terrain.

— Je vais très bien, c'est la surprise. Que fais-tu à Bornéo ?

— Devine. Tu sais encore à quelle époque nous sommes ? C'est le mois d'août et je suis bêtement en vacances.

— Eh bien, pas moi, répondit-elle sèchement. Mais tu peux passer, reprit-elle avec plus de douceur, on te trouvera bien un lit quelque part. Ici, l'ouvrage ne manque pas. Peut-être pourras-tu faire un stage de pédiatrie en milieu tropical défavorisé. Remarque, ça te changera de la bobologie pour gens riches et capricieux...

— Méchant docteur, lança-t-il, taquin. Très sincèrement, en quoi puis-je t'être utile ?

— C'est sérieux ?

— Très. Oublie l'homme et pense au médecin.

— Fais-nous une provision d'antibiotiques, de pansements stériles et des vitamines indispensables.

— J'avais pensé venir te rendre visite et j'avais déjà prévu tout cela. A demain. Dès que je serai à Manille, je t'appellerai pour que tu me guides.

Perplexe, Hélène reposa le téléphone. Maxime ! Elle ne pensait plus à lui ou si rarement. Il appartenait au passé, à ce qu'elle avait fui. Elle avait travaillé avec lui et Arnold pendant près de quinze ans au sein du même cabinet médical, rue Grandville à Nancy. Tous trois étaient généralistes, mais avaient suivi une formation spécifique différente. Arnold avait opté pour les allergies et la rééducation, Maxime s'était spécialisé dans les maladies des femmes et des enfants. Quant à Hélène, bien qu'attirée par les enfants, elle s'était orientée vers la gériatrie, puisque Maxime le lui avait quasiment imposé.

« A nous trois, disait Maxime, nous couvrons un vaste secteur médical. »

Incapable de dormir, Hélène se releva. Il faisait chaud mais guère plus que d'habitude. Les pales du ventilateur remplissaient consciencieusement leur office en brassant de l'air. Elle repassa sous la douche, s'enduisit de crème pour éloigner les moustiques et s'installa sur la terrasse devant la salle à manger. Elle s'assit dans le rocking-chair et contempla les lumières de Manille qui repoussaient la nuit. Que voulait Maxime ? Elle était partie un peu précipitamment après ce qu'elle avait appelé « l'affaire Adrien ». Une garde à la place de Maxime, occupé à faire le joli cœur chez une de ses patientes. Hélène avait visité un bébé fiévreux, atteint d'une banale rhino-pharyngite. Elle n'avait pas jugé utile de prescrire des antibiotiques. La jeune maman n'avait pas précisé que l'enfant était sujet aux bronchites asthmatiformes, point qui n'était pas signalé dans le carnet de santé. Très vite, l'état du bébé avait empiré et l'hospitalisation avait été nécessaire. Maxime était furieux et les reproches n'avaient pas manqué.

« Tu as été bien légère avec mon petit malade.

— Tu n'avais qu'à être là. C'était ton tour de garde. Mais le beau Maxime a d'autres urgences à assurer...

— Jalouse ? Tu aurais préféré que ce soit avec toi ? »

Il l'avait saisie aux épaules, la maintenant avec une certaine violence. Elle s'était dégagée brusquement en lançant un « Mufle ! » qui avait surpris Maxime.

La porte du cabinet avait claqué comme les douze coups de la basilique Saint-Epvre s'étaient mis à retentir. Midi... Hélène n'avait pas faim. Elle s'était hâtée en direction de l'Excelsior, traversant la place Carnot qui voyait arriver les premiers forains pour la foire de Pâques. Elle avait haussé les épaules, indifférente aux badauds qui assistaient au montage. Hélène se souvenait de sa course. Elle voulait mettre de la distance entre le cabinet médical et elle. A l'Excelsior, elle avait trouvé une table à l'écart et commandé un thé et un paquet de cigarettes. C'était possible à l'époque. La loi antitabac n'avait pas encore vu le jour. Elle en avait allumé une, ce qu'elle n'avait pas fait depuis plusieurs années. Et soudain un irrésistible besoin de voyager l'avait assaillie. Partir loin, très loin. L'affaire Adrien lui avait ouvert les yeux. Personne ne la retenait à Nancy. Sauf peut-être Sophie, qu'elle suivait depuis l'ablation d'un sein. Sophie, délaissée par un mari idiot, comme si le cancer était contagieux. Elle ne l'abandonnerait pas, lui indiquerait une consœur charmante qui l'aiderait à retrouver sa féminité, et le cas échéant l'encouragerait à dénicher un amant, histoire d'exister encore si le mari s'obstinait dans sa bêtise. Hélène était en colère, tellement en colère qu'elle avait envie de cogner.

Allons, s'était-elle dit en entamant sa troisième cigarette, rien ne sert de s'énerver puisque j'ai décidé de partir.

« Je pars », avait-elle murmuré alors que le garçon de salle prenait le billet de cinquante francs glissé sous le cendrier.

Rien ni personne ne la ferait changer d'idée. Certes, elle s'était habituée à la Lorraine. Rude, mais si généreuse quand on gagnait sa confiance. Elle avait apprécié cette rigueur qui l'avait aidée à tourner une page fleurant bon les champs de lavande. Bien sûr que les amandiers du plateau de Valensole lui avaient longtemps manqué, tout comme les oliveraies de la route de Forcalquier... Et les orchidées de la ville de Baguio, au nord de Manille... Leur enivrante beauté... Rien de tout cela en Lorraine, où elle avait découvert les sombres forêts et avait appris à les respirer ; l'incomparable odeur de sève des grands sapins a quelque chose d'enivrant et le doré sucré des mirabelles ouvre la porte de quelque paradis perdu. Si Hélène avait pu s'éloigner de Manosque, ranger Baguio pour les soirs de solitude, elle pourrait quitter Nancy. Partir... Ras le bol des petits bobos des uns et des autres, marre des états d'âme des patients privilégiés. Hélène avait senti la coupe se remplir à mesure qu'elle vidait sa tasse de thé.

Le soir même, elle avait téléphoné à Charles, un vieux copain de faculté installé à Lyon qui s'occupait d'une antenne de Médecins sans frontières.

« T'as toujours besoin d'un toubib aux Philippines ?

— C'est une mission de longue durée.

— C'est justement ce que je recherche, quelque chose du style aller sans retour. »

Elle avait entendu le rire de Charles au bout du fil.

« La nostalgie t'a donc à ce point saisie pour que tu retournes souvent en ces lieux ? »

Hélène n'avait pas relevé. C'est vrai que les Philippines et elle, c'était une vieille histoire, aussi belle que douloureuse.

Trois mois plus tard, Hélène avait quitté le cabinet nancéien, fait ses adieux à Sophie.

Tout, elle avait tout liquidé.

Elle poussa un ouf de soulagement le jour où elle embarqua à Roissy.

Le plus difficile serait de se remettre à l'anglais et de se réadapter au climat tropical. Depuis ce premier séjour à Baguio, vingt ans auparavant, elle avait eu l'occasion de retourner aux Philippines cinq ou six fois. Elle compta et recompta les missions avant de se laisser aller à la tristesse.

« Allons, c'est stérile, tout ça », se gourmanda-t-elle.

Elle s'efforçait de vivre dans le présent, de se projeter dans l'avenir, mais ne pouvait oublier les quelques séjours effectués pour dépanner Charles et son association quand il fallait remplacer l'un ou l'autre médecin qui n'avait pas tenu le choc. Elle était sensible à la souffrance des enfants. De ces missions, elle revenait l'âme lavée pour aborder avec un peu plus de sagesse, disait-elle, la trépidante vie occidentale. Souvent, le désir lui venait de quitter définitivement une existence un peu trop facile, un peu trop douillette. Ennuyeuse, osons le terme, avouait-elle à quelques amis qui prenaient de ses nouvelles. Elle y songeait certains soirs avant de s'endormir. Au matin, prise dans le tourbillon des consultations et visites, elle remettait à plus tard la réponse aux questions posées.

L'affaire Adrien avait été un déclic salutaire, devait-elle confier un jour à sœur Suzanna.

« Ici, je sais que je suis utile. »

Sauf que Maxime faisait irruption dans une vie d'où elle l'avait rayé. Que cherchait-il ? Hélène se raisonna. Il est de passage, il vient dire un petit bonjour… Il n'y a pas de quoi fouetter un chat.

Elle entendit une porte qui s'ouvrait, des bruits de pas qui s'approchaient. L'instant d'après, Frankie était là.

— Toi aussi, tu as des insomnies ? interrogea Hélène.

— Cela m'arrive de temps à autre. Je songe à Inès et à tous ces gosses des rues, à ceux de Tambakan qui fouillent cette gigantesque poubelle pour quelques pesos par jour, avec le risque de graves brûlures ou de périr asphyxié comme Junior le mois dernier. C'est affreux de voir mourir un gosse de quatre ans. J'en rêve une nuit sur deux. Et dire qu'on pleurniche parfois sur des conneries.

Hélène écoutait la révolte de Frankie. Un beau jeune homme de vingt-deux ans qui aurait pu être son fils si... Elle ferma les yeux pour éloigner certains souvenirs. Elle les rouvrit sur Frankie, accoudé à la rambarde de la terrasse. Le vent soufflait dans ses boucles châtain foncé. Son cœur se serra soudain. Il sembla à Hélène qu'elle avait toujours connu ce jeune homme.

— Je vous emmerde, Doc, avec mes histoires. Qu'est-ce qui est le plus utile dans la vie ? Ce que je fais ou votre merveilleux travail ? J'ai vraiment été grave, un petit con qui, excusez-moi, je le dis comme je le pense, aurait dû écouter son père et faire médecine. Aujourd'hui, je mesure ma bêtise puisque je ne peux soigner comme vous le faites.

— Frankie, moi je travaille dans l'urgence, je tente de réparer, de sauver et de préserver ce qui peut encore l'être, car la vie, c'est sacré. Mais ce que tu fais n'est pas inutile, c'est un beau complément, tu permets au lien social et humain de se recréer. Ce n'est pas rien. Ces gosses peuvent oser vivre.

— Vous appelez ça vivre, vous, Doc, des gosses qui fouillent les détritus !

— Tu as l'impatience de la jeunesse. Garde-la longtemps ! Ce que je voulais te dire est simple. Contrairement à ce que tu penses, ton boulot est important. Si les programmes de prévention marchent bien, les jeunes dont tu t'occupes avec Henri et d'autres auront accès au savoir. Un jour, ils sauront se soigner seuls, et choisiront leur vie.

— OK, j'ai compris, c'est le proverbe chinois. Si tu donnes un poisson à celui qui a faim, c'est bien, mais si tu lui apprends à pêcher, c'est mieux...

— Tu sais cela ?

— Ouais, grâce à un oncle de mon père, plutôt richard, mais engagé, comme on disait en 1968, dans le tiers-monde. Il avait aidé pas mal d'associations lancées dans des programmes de développement. Au début, son côté soixante-huitard, idéaliste, me séduisait. Mon père était plutôt d'accord avec lui, mais espérait surtout que le tonton le coucherait sur son testament. Mon père rêvait d'ouvrir sa propre clinique. Aussi, quand on allait voir le vieil oncle, il fallait le flatter. J'ai fini par le prendre en grippe, alors qu'il avait raison. S'il me voit d'où il est, il doit doucement rigoler.

Hélène sourit, mais se garda de toute question indiscrète.

— Vous devez vous demander pourquoi j'ai viré ma cuti, poursuivit-il.

— Il y a de cela.

— J'en ai eu marre de l'hypocrisie de mon père. Il sait être un type généreux par ailleurs, mais il aime parader dans une société qui me bouffe, si vous voyez ce que je veux dire. Dès que cela a été possible, je me suis cassé. Adieu le Midi et son soleil, bye-bye les jolies meufs avec un pois chiche dans la tête ! J'avais d'autres priorités : découvrir cet archipel dont mon père m'avait un peu parlé, parce que j'y suis pratiquement né. Ça doit être génétique, cette affaire-là.

— Des regrets ?

— Aucun. Sauf celui d'être parti un peu vite, sans grand bagage. Pour s'occuper des autres, la bonne volonté ne suffit pas toujours. Il faut être professionnel, spécialiste dans un domaine.

— Tu réussiras, Frankie, tu réussiras à faire quelque chose de bien de ta vie, j'en suis sûre, et ton père sera fier de toi.

— Ce que peut penser mon père m'est bien indifférent. C'est une autre histoire dont je me fous comme de ma première chemise !

Décidément, les impertinences de ce jeune garçon plaisaient à Hélène. Il « décoiffait utile », pour reprendre l'une des expressions d'aujourd'hui qui la faisaient sourire.

Sœur Suzanna prit son plus beau sourire pour encourager Hélène à s'aérer.

— Acceptez, Hélène, vous ne vous reposez jamais. Une sortie en ville, un repas dans un restaurant sympathique, sur une petite place à l'ombre d'une fontaine. C'est ma tante qui gère l'affaire, je vous donne sa carte.

Maxime insistait alors qu'Hélène hésitait encore.

— Je n'ai plus l'habitude et je trouve cela tellement dérisoire, voire inutile. Et puis, Bout de Chou m'inquiète...

— Carmen et Luisa sont là, et moi, je prie pour lui, dit Suzanna, qui se voulait rassurante.

— Tu vas finir bonne sœur, ma parole, plaisanta Maxime en passant un bras autour de la taille d'Hélène.

D'un regard dur, elle marqua sa désapprobation à Maxime, qui replaça vivement son bras le long de son corps.

— Sérieuse, à ce que je vois !

— Je ne suis pas en vacances, Maxime, et je n'ai pas l'intention de l'être, encore moins avec toi.

— Rancunière ?

— Réaliste seulement. Tu es marié.

— Erreur, dit-il en effleurant de l'index le bout de son nez. Erreur, Hélène, j'étais... Marie m'a rendu ma liberté. Libre comme le vent, j'ai le droit, et surtout la folle envie, de te faire la cour très sérieusement.

— Dieu t'en garde et Dieu m'en préserve ! Désolée, Maxime, je ne serai pas ton amour de vacances.

— Mes intentions sont honnêtes. Tu ne me crois pas ?

Il se faisait enjôleur, tentait de la faire rire.

— Mais si, Maxime, d'où le danger. Tu es toujours sérieux, comme dom Juan, tu pourrais même être irrésistible...

— Ah, tu vois !

— Mais cela ne prend plus, car je connais l'acte suivant.

— C'est dommage, j'aurais bien aimé recommencer.

— Taratata ! Libre, cela n'aurait plus le même charme, le taquina Hélène.

Le repas se passa dans la bonne humeur et tous deux rentrèrent au dispensaire à bord d'un *jeepney*, un taxi collectif peint de toutes les couleurs.

Deux touristes américains furent du voyage. Ils accompagnèrent leurs « amis français ». Hélène les avait entendus évoquer une sortie dans Mabini Street ou Santa Monica Street, des rues typiques un peu chaudes comme Manille sait en offrir. Maxime avait beaucoup ri en découvrant dans le taxi une juxtaposition assez hétéroclite de posters allant de Madonna à Cory Aquino en passant par la Vierge et Mère Teresa. Il y avait aussi des photos d'amis, des bonnes adresses, des chapelets, des statuettes scotchées comme autant de gris-gris.

— Ce sont mes porte-bonheur, c'est pour être sûr de conduire mes clients à bon port, leur dit le chauffeur en affichant son plus beau sourire édenté.

Généreux, Maxime glissa un bon pourboire dans la main du chauffeur, qui se confondit en remerciements.

— Maintenant, dit Hélène, il va te prendre pour un riche touriste étranger et te faire demain des propositions pas forcément honnêtes : te conduire jusque dans une île proche sous prétexte de te montrer quelques grottes ou curiosités... Naturellement, en chemin, il y aura un hôtel discret où des petits enfants te seront proposés...

— Tu n'exagères pas un peu ?

— A peine, les Philippines, c'est aussi cela.

Comme Hélène poussait la porte du dispensaire Santa Maria, une angoisse l'étreignit. Elle eut soudain froid. Elle tendit l'oreille. Des pleurs étouffés lui parvinrent.

Elle se serra contre Maxime.

— Tu as entendu ? Il est arrivé un malheur.

Elle chercha l'interrupteur. Dans le hall, Carmen, l'infirmière de nuit, les cheveux défaits, les vêtements en désordre, pleurait à genoux.

— Que s'est-il passé ? demanda Maxime en relevant la jeune fille.

— C'est Jerry, c'est Jerry, hoquetait Carmen. Il... il est venu avec deux costauds. Il voulait la petite. Il l'a emmenée.

— Et Suzanna ? interrogea Hélène.

— Elle n'était pas là. On était venu la chercher. Une drôle de femme, pour une bagarre deux rues plus loin ; on n'avait pas trouvé de médecin. J'avais pas confiance. Mais la *sister* a montré le ciel : « T'en fais pas, Il est là. » Et elle a suivi cette femme de cabaret. C'est après que Jerry est arrivé. Il était menaçant. J'ai d'abord dit qu'il fallait revenir demain. Il s'est mis en colère. Les autres l'encourageaient : « Frappe, frappe, Jerry. » Moi, c'est rien, mais Frankie... Oh, si vous saviez comme il l'a arrangé, pauvre, pauvre Frankie !

Un coup monté, on a éloigné Suzanna, songea Hélène en se précipitant à l'étage. Frankie était étendu sans connaissance dans la salle de soins. Réveillé, le jardinier avait aidé Luisa à le transporter jusque-là. Elle terminait de nettoyer les blessures en pleurant.

Maxime prit le pouls de Frankie et se mit à explorer ce grand corps qui avait été bien malmené. Il présentait une plaie béante au cuir chevelu et plusieurs entailles sur les bras et l'épaule droite. Sa tension était basse. Maxime lui fit une piqûre pour soutenir le cœur et posa une perfusion. Soignée, pansée, Carmen les avait rejoints, voulant se rendre utile. Traumatisée, elle s'agitait et parlait sans cesse.

— Ils avaient des matraques et des couteaux. Ils menaçaient de tout casser s'ils ne trouvaient pas Inès. Frankie a voulu les faire patienter. « Il faut attendre le retour de la *sister* », leur répétait-il. Ils ont dit que la *sister* ne reviendrait plus jamais. Que les copains s'en occupaient. Eux, ils voulaient Inès tout de suite. On devait leur donner les pansements et ils la soigneraient. Jerry avait la trouille, ça se voyait. Les autres lui parlaient comme à un chien. Il n'avait pas le choix. Les deux costauds couraient partout, ouvraient toutes les portes pour trouver Inès. Frankie s'est jeté sur eux à plusieurs reprises afin de les en empêcher et, quand ils ont voulu fouiller les chambres, il a foncé dans Jerry, tête la première. Alors les deux autres l'ont passé à tabac. J'ai voulu le tirer de là et ils m'ont frappée aussi. Mais c'est Frankie qui a encaissé. Il s'est battu comme un diable... Et puis Jerry a trouvé Inès. Elle a hurlé. Elle ne voulait pas aller avec eux, Doc, et la *sister* qui n'est pas là... Qu'est-ce qu'on va faire maintenant ?

Sur un signe de Maxime, Hélène s'approcha de Carmen et lui donna un calmant avant de la reconduire à sa chambre. Elle revint ensuite près de Maxime, très préoccupé par l'état de Frankie.

— Il n'a pas de blessures par balles, mais ils l'ont drôlement arrangé. Où peut-on faire des radios ?

— Ici, mais c'est rudimentaire, sinon il faut aller à l'hôpital. A cette heure-ci, je n'ai pas confiance.

J'ai peur que les gars du gang ne reviennent pour l'achever afin qu'il ne parle pas.

— Tu devrais aller dormir, Hélène, tu as eu assez d'émotions. Pour l'instant Frankie se repose, j'espère qu'il n'y aura pas de complications. Apparemment, il n'a pas de fracture du crâne, mais le traumatisme est sérieux. Par ailleurs je crains que les plaies ne s'infectent. Certaines sont profondes. Avec cette chaleur, malgré une hygiène stricte, tout peut arriver.

— Je n'aurais pas dû écouter Suzanna. J'aurais dû rester ici, c'est moi qui serais sortie pour soigner les prétendus blessés et Suzanna aurait su dissuader les deux voyous et Jerry. Inès serait encore là et Frankie ne serait pas dans cet état.

Les larmes coulaient sur les joues d'Hélène, qui se sentait responsable de tout. Sa peine touchait Maxime. Il passa doucement sa main dans ses cheveux, mais n'osa rien d'autre. Il ne voulait pas profiter de sa faiblesse. Il devinait qu'Hélène quêtait secours et protection, cherchait une épaule sur laquelle s'appuyer. Si Maxime avait entrepris quelque chose, elle ne se serait pas dérobée. En d'autres lieux, peut-être, songea Maxime, mais pas ici, pas au dispensaire de sœur Suzanna.

— Tu n'y es pour rien. Je vais rester ici tant qu'on n'aura pas retrouvé Suzanna et Inès. Va dormir pendant que je veille Frankie et Bout de Chou. Luisa me relaiera ensuite.

Hélène se leva et tendit sa joue à Maxime dans la nuit qui s'évanouissait. Le jour paraîtrait sous peu. Il passa une main sur son visage humide. Arrêter le temps, songea-t-il, le figer, effacer les soucis, et conserver cette fraction de seconde pour elle et pour moi, pour nous. Maxime ressentit un trouble inconnu jusque-là. Mais il se garda de tout geste, de peur de briser l'enchantement.

Hélène avait fini par s'assoupir.

Quand elle se réveilla, sa première pensée fut pour Frankie. Comment allait-il ? Et Suzanna ? Et Inès ? Et Bout de Chou ? Une douche rapide et elle se retrouva à la salle de consultations. Maxime avait trouvé une blouse et auscultait déjà un bébé. La salle d'attente était remplie. Carmen s'occupait des petits bobos, brûlures et blessures infectées.

— On vous attendait, Doc, pour la suite des événements, dit Carmen, qui avait un peu récupéré. En ce qui concerne Bout de Chou, rien de changé, les médicaments manquent…

— Frankie ?

— Toujours sous le choc, dit Maxime. Il délire. Sa tension est un peu remontée, mais je suis inquiet. La fièvre ne cède pas.

Hélène boutonnait sa blouse, relevait ses cheveux.

— Qu'est-ce qu'on va faire ? reprit Maxime. Peut-être faudrait-il prévenir la police pour Suzanna et Inès.

— Non, trancha Carmen. Rudo, notre meilleur éducateur, va d'abord enquêter dans le quartier. Moi, je chercherai de mon côté. Vous savez, la police, ici...

Stupéfait, Maxime ouvrait de grands yeux. Hélène lui expliqua que rien n'était simple aux Philippines. Prisonnière ou complice des gangs qui lui fournissaient parfois des hommes, cette police était souvent aussi inefficace qu'injuste.

— La chute de Marcos n'a pas éradiqué d'un seul coup la corruption. Cory Aquino en a fait la cruelle expérience.

— Et c'est ici que tu as envie de vivre et de travailler ?

— C'est en tout cas là que je puis être utile. L'urgence, vois-tu, c'est de sauver des enfants.

— Je te l'ai dit hier, tu finiras bonne sœur.

— Pas de sottises, Maxime ! Je n'ai pas la foi.

— Mais être religieuse, c'est aussi un statut, non ?

— Plus de nos jours. En tout cas, celles avec qui je travaille sont des femmes de foi que j'envie. Avoir leur certitude, être convaincue que tout ce qui se passe ici-bas a un sens, est un puissant moteur et cela doit être bien réconfortant. La mécréante que je suis se contente de soigner. S'il y a un Dieu, il paraît que j'aurai ma récompense, comme disait mémé. S'il n'y en a pas, j'aurai au moins essayé de ne pas être un parasite sur cette terre.

— Plus je te connais, plus je t'admire... Et je...

— Tais-toi, je t'en supplie, souffla-t-elle en se détournant.

— Je n'ai jamais été aussi sincère. Mes yeux s'ouvrent soudain. J'ai agi comme un imbécile cet été-là. Je te demande pardon, Hélène.

— Garde ton regard pour les vraies détresses, pour ces pauvres petits, pour Inès qu'il nous faut retrouver avant que ces brutes en fassent une putain destinée aux riches touristes étrangers, pour Jerry aussi, avant qu'il ne replonge. Pense également à Suzanna dont on a tant besoin ici.

Il y avait deux jours que les événements s'étaient produits. On était toujours sans nouvelles de sœur Suzanna et de la petite Inès. Rudo et Carmen avaient poussé leurs investigations jusqu'à Tambakan, d'où venait la fillette. Ils espéraient en savoir un peu plus. Mais, à part un petit Pablo qui disait qu'Inès allait maintenant habiter chez une tante de Jerry et qu'elle y serait très heureuse, rien. Jerry demeurait introuvable. Maxime avait décidé d'en avoir le cœur net. Lui aussi s'était rendu sur la Montagne fumante. Une journée qu'il n'oublierait pas et qui reviendrait le hanter lorsqu'il retrouverait son douillet cabinet médical non loin de la place Stanislas, au cœur de la vieille ville, à Nancy.

A dix kilomètres environ du cœur de Manille, sur vingt-sept hectares, s'étend la plus grande décharge d'Asie. Trois mille cinq cents familles vivent sur ce gigantesque cloaque. Jour et nuit les camions y déchargent des tonnes d'immondices dans une chaleur pestilentielle. Dès l'âge de quatre ans, munis de petits sacs, de corbeilles d'osier accrochées dans leur dos, les enfants fouillent ce magma puant pour en extraire tout ce qui est récupérable : bouteilles, morceaux de planches, restes de nourriture parfois, roues de vélo, de charrette. Les Philippins ne manquent pas d'ingéniosité. Une roue, c'est le début de la richesse ; deux, trois, quatre, c'est le paradis sur terre. Pour peu que l'homme de la famille ait réussi à récupérer ou à acheter à bas prix quelques planches, il pourra construire pour les siens une sorte de baraque sur roulettes. Depuis peu, la famille de Pablo habite l'une d'elles, tout en bois, peinte en bleu pour repousser les mouches. Trois mètres sur cinq pour sept personnes, c'est déjà le luxe. Ce genre de demeure se déplace aisément, se pose partout à proximité des lieux où la famille peut espérer quelques gains.

Maxime avait trouvé l'un des campements de l'association pour laquelle travaillait Frankie et, grâce à Carmen, il était entré en relation avec les « frères et sœurs » d'Inès.

« Jerry, il est en voyage. Des copains l'ont emmené. Il va gagner plus de pesos, des dollars même et il nous en enverra. Il l'a dit avant de partir. C'est vrai, l'Américano, tu peux nous croire. Inès, elle avait peur. Il lui a fait promettre de ne rien raconter aux éducateurs, ni à Henri parce qu'il aurait du chagrin. Nous, on attend les sous de Jerry. On sera aussi riches que toi, l'Américano. »

Maxime avait souri en réalisant que les enfants l'avaient pris pour un Américain. Aux Philippines, tout Blanc bien habillé est forcément américain. Il ne les avait pas détrompés et avait glissé quelques pesos et bonbons dans les mains des gamins.

Les caïds avaient retrouvé Jerry, qui avait d'anciennes dettes, c'était une évidence. Inès allait servir de monnaie d'échange. Il fallait faire vite.

Entre deux consultations, Hélène se rendait au chevet de Bout de Chou, qui semblait revenir à la vie. Mais l'infection pulmonaire était là, et les antibiotiques dont elle disposait se révélaient insuffisants.

— Dis donc, bonhomme, faudrait peut-être y mettre du tien et guérir. Suzanna n'est pas là pour prier, et moi, je ne sais pas ou ne sais plus.

Prier, elle eût voulu pouvoir le faire. Frankie la préoccupait, dans la chambre d'à côté. La fièvre le dévorait. Hélène essuyait régulièrement son front où perlait la sueur. Elle demanda à Carmen d'installer un ventilateur supplémentaire. Pour le confort du jeune homme, elle ouvrit sa veste de pyjama. Sous le sein gauche, une tache brune qu'elle frôla l'émut. Mon Dieu, mon Dieu, se dit-elle en portant une main à son cœur.

— Carmen, sais-tu le nom de Frankie ? Comment peut-on joindre sa famille et l'association pour laquelle il travaille ? Je n'y ai même pas songé, je suis au-dessous de tout.

— Pas de souci, Doc, Maxime s'en est chargé. Il est même allé à Tambakan. Henri va passer.

Hélène poussa un ouf de soulagement. Elle se sentait soudain moins seule. Henri allait les aider. L'expédition de Rudo n'avait rien donné. Au dire des gens du quartier, aucune bagarre n'avait eu lieu. Carmen avait téléphoné au couvent de sœur Suzanna, au nord de Manille, on n'en savait pas davantage.

Il était déjà midi et Maxime n'avait pas eu le temps de souffler. Luisa le secondait et lui avait préparé un thé qu'il avait avalé sans regarder ce qu'il buvait, penché qu'il était sur les maux engendrés par trop de misère.

— Voilà des vacances actives, tu ne bronzeras pas idiot, mon vieux Maxime, essaya de plaisanter Henri, qui retrouvait un vieux copain de lycée. Le monde n'est pas si vaste... Ça me fait drôlement plaisir, vois-tu.

Maxime s'était adressé à lui quand il avait su qu'Hélène partait pour les Philippines. Henri travaillait avec sœur Suzanna et Médecins sans frontières, ainsi qu'avec un jésuite français naturalisé philippin engagé dans la scolarisation de jeunes Philippins.

— Comment vont Hélène et son protégé ? questionna Henri.

— Pas très fort. Je suis assez inquiet.

— Toi, tu sais t'inquiéter pour les autres ? Chapeau, mon vieux ! L'influence d'Hélène t'est drôlement bénéfique.

— Et Frankie, tu sais qui il est et d'où il vient ?

Henri savait peu de chose de Frankie, si ce n'est qu'il était arrivé recommandé par l'association du jésuite en poste à Manille. Sans rien dire à Hélène – Maxime n'en eut pas le temps –, en deux coups de téléphone, Henri et lui réussirent à joindre le père de Frankie, heureux d'avoir des nouvelles de son fils après deux ans et demi de silence. Maxime fit un compte-rendu succinct de la situation.

— Croyez-vous ma présence utile ? demanda ce père.

— Non seulement utile, mais indispensable. Le toubib d'ici lui parle, mais Frankie continue de délirer. Selon moi, ce délire a peu de liens avec son état clinique. J'ai l'impression que votre fils se bagarre avec lui-même ou bien qu'il est « enfermé » dans un ailleurs qui nous échappe. Comme si cette fièvre était la conséquence de la « fuite » de votre fils, qui ne trouve pas de réponse à des questions inconnues de nous. Le toubib en poste actuellement l'a souvent écouté. Mais trop d'éléments nous manquent.

Un long silence suivit, rompu par le père de Frankie qui dit d'une voix blanche :

— Le temps d'accomplir les quelques formalités d'usage et j'arrive.

— S'il vous plaît, insista Maxime, vous pourriez...

— Oui, oui, mon vieux, j'apporte des sacs bourrés de médicaments utiles. Je sais ce qu'il faut, je connais très bien ce genre de situation, quoi qu'en pense mon fils.

Huit jours s'étaient écoulés depuis l'enlèvement d'Inès et la disparition de Suzanna. Henri avait persuadé toute l'équipe de ne pas ébruiter l'affaire pour ne pas attirer l'attention de la police et éviter les représailles du milieu. Ses travailleurs sociaux partaient en mission dans les quartiers chauds, rencontraient les enfants des rues comme ils le faisaient habituellement. Ils glanaient ici et là quelques renseignements, surveillaient les cabarets. On n'avait pas remarqué de nouvelles jeunes recrues dans les spectacles, ni dans les chambres, et pas davantage dans les cuisines. Inès allait sans doute rester cachée un certain temps avant de réapparaître. Peut-être serait-elle orientée vers Baguio, la ville aux orchidées et aux incomparables plantations de fruits, la ville où les riches Philippins ont des résidences secondaires et apprécient une main-d'œuvre à bon marché. Henri se renseignerait.

Quant à Suzanna, son ordre menait une discrète enquête, qui devrait aboutir, assurait la supérieure. Maxime avait pris en main la destinée du dispensaire et avait chaque jour l'occasion d'exercer ses talents. Hélène voyait naître un autre homme, parfaitement intégré à l'équipe.

— Je me demande si je ne vais pas rester ici, plaisantait-il. Je n'ai que quarante-huit ans, pas trop de ventre, une pêche d'enfer. Je vais refaire ma vie. Qu'en penses-tu, Hélène ?

— Ce ne sera pas avec moi, lui répondit-elle. A quarante-cinq ans, même si la médecine a fait des progrès, c'est trop tard pour te donner des enfants.

— Soit, mais tu peux encore faire une bien jolie maman. J'ai une idée, tu m'écoutes ? Tu as vu tous ces enfants perdus, Bout de Chou par exemple ; nous n'aurons pas un, mais dix, vingt, mille enfants. Nous achèterons une île pour eux. Ici, il y en a quelques dizaines encore inhabitées.

Maxime voulait être optimiste, faire naître le sourire sur les lèvres d'Hélène, qui se rongeait d'inquiétude.

L'état de Frankie était stationnaire. Hélène le rejoignait dès qu'elle avait un peu de temps. Elle le veillait, lui prenait les mains, lui parlait doucement et pleurait souvent quand elle se savait seule près de lui. Maxime l'observait à la dérobée. Quelque chose lui échappait. Lui aussi avait découvert une autre Hélène. Il n'avait pas oublié leur aventure d'un été, peu après son arrivée à Nancy. Il était jeune marié et lui avait expliqué qu'il s'agissait d'un mariage de convenance.

« Je croyais ces pratiques obsolètes », s'était-elle étonnée.

Ce mariage avait permis à Maxime de s'installer plus vite en reprenant le cabinet médical du père de Marie. Mais chacun était libre d'aller et venir à sa guise, à condition d'agir avec discrétion. Marie avait rempli son contrat : donner un gendre médecin à son père, que la maladie allait emporter.

« Je n'aurais pas dû accepter. Dès que j'ai quatre sous, je reprends ma liberté et je m'installe ailleurs. M'attendrais-tu, Hélène ? » avait-il questionné.

Secrète, mystérieuse, Hélène n'avait pas répondu. L'aimait-elle vraiment ? Qui était-elle ? Maxime se disait fasciné par l'étrangeté d'Hélène. Etait-il amoureux ou simplement curieux ? Qui a dit ou écrit « sans mystère, il n'est point d'amour » ?

Longtemps Maxime avait cultivé le regret de ce qui aurait pu être. Hélène l'avait laissé à sa vie agitée par de nombreuses liaisons. Elle avait fini par se convaincre qu'elle avait bien fait d'agir ainsi. A plusieurs reprises, elle avait songé à s'éloigner, à quitter le cabinet médical. Arnold, le troisième associé, l'en avait dissuadée.

« Nous avons besoin de toi. Je crois même que Maxime désire te reconquérir. »

Elle était restée, mais avait posé ses conditions : pouvoir s'absenter pour quelques missions humanitaires de courte durée quand Charles l'appellerait.

Maxime observait Hélène, si préoccupée, si belle dans le tourment qui l'habitait. S'il avait vu en elle une technicienne de la médecine, il découvrait également une femme d'une grande humanité qui avait dû faire taire certains élans, comme ceux de la maternité qu'elle semblait trouver auprès des enfants qu'elle soignait. Il devinait ce sentiment qui embellit toute femme penchée sur un enfant. Il le vérifiait en la contemplant au chevet de Bout de Chou ou de Frankie.

Maxime ne voulait pas repartir avant la fin de cette épreuve qui s'était abattue sur le dispensaire, et pas avant d'avoir pu serrer Hélène sur son cœur. Elle veillait Frankie pour le huitième soir consécutif. Il venait de s'endormir après avoir prononcé d'étranges paroles : « Pourquoi elle est partie, est-ce qu'elle reviendra ? »

Ce répit fut de courte durée. Des tremblements s'emparèrent du jeune homme et seule la voix d'Hélène, une main posée sur son front, parvint à le calmer. La tension était à son comble dans cette chambre. Hélène, le cœur serré, prit les mains de Frankie dans les siennes au moment où il balbutiait :

— Et vous l'avez chassée... Mais il faut dire la vérité.

— Frankie, écoute-moi, tu dois rester calme, dormir pour être en forme. Inès va être retrouvée et revenir parmi nous. Tu t'es bien battu. Ton père sera très fier de toi.

Le jeune homme sembla s'apaiser, comme si les paroles d'Hélène lui étaient un baume. Il poussa un immense soupir. Hélène s'autorisa à poursuivre cette étrange conversation, persuadée qu'elle déboucherait sur l'éveil total de Frankie.

— Et maman aussi, mon petit, est fière de toi. Il faut guérir.

Hélène pleurait maintenant. Les sanglots montaient, faisaient s'étrangler sa voix. Elle tentait de les éloigner, de retenir le flot de larmes. Une main se posa sur son épaule, une main qu'elle aurait reconnue entre mille. Instinctivement, Hélène la recouvrit des siennes pour la saisir dans un geste qui la ramenait plus de vingt ans en arrière.

— Frankie, je suis là, je sais tout. Je suis épaté par ce que tu as fait, comme l'est ta maman. Il faut guérir, mon fils.

Cette voix que les ans n'avaient pas altérée, cette voix dans les oreilles d'Hélène, ce velours et cette déchirure à la fois... Hélène tressaillit de tout son être, retint sa respiration, se figea pour mieux entendre. Maxime, venu proposer un thé, se retira lorsque Pierre, le père de Frankie, entoura Hélène de ses bras. Il vit l'abandon d'Hélène et comprit.

— Tout ce temps, tout ce temps à te chercher comme un fou, disait Pierre, en toutes villes, en toutes régions. A peine t'avais-je localisée que tu t'évanouissais pour réapparaître ailleurs. Il y a quinze ans, j'ai perdu ta trace, je t'ai crue morte. Tu avais disparu. C'est bien plus tard que j'ai découvert que tu utilisais un autre patronyme. Tu m'as désespéré, Hélène. Mon Dieu, sommes-nous stupides ? Je suis stupide, rectifia-t-il. Je t'ai privée de ton fils, il y a vingt ans – un orgueil de mâle, idiot, aiguisé par mon impossible mère –, et voilà que tu me rends ce fils aujourd'hui, sans le savoir. Me pardonneras-tu un jour ?

Hélène se taisait, interdite. Elle n'avait pas prononcé une seule parole depuis l'arrivée de Pierre. Frankie s'éveilla. Appelant Hélène, il vit son père.

— Ne bouge pas, à cause de tes blessures. Tu vas guérir... Je suis si heureux.

Son état n'était pas ce qui tracassait Frankie. C'était la main de son père sur la taille d'Hélène. Il pointa son index vers eux. Une lueur interrogative, mais presque ravie, passait dans son regard qui allait d'Hélène à son père.

— Frankie, je te présente madame Vignoux. Ta maman, si tu préfères.

— Enfin, enfin, murmura le jeune homme dans un soupir.

Hélène gardait le silence. Elle quitta la chambre de Frankie. C'est sur la petite terrasse à côté de la salle à manger que Pierre la rejoignit. La nuit brillait de tous ses feux et allait être le témoin d'une longue confession.

— Je me suis peut-être un peu avancé, tout à l'heure, en te présentant comme madame Vignoux à Frankie. J'espère que tu ne m'en tiendras pas rigueur, c'était au nom de la santé de « notre » fils.

Hélène secouait la tête. Les mots ne lui venaient pas. Trop d'émotions en quelques jours. La disparition de Suzanna, l'enlèvement d'Inès, l'agression de Frankie, l'arrivée de Maxime. A tout cela s'ajoutaient les retrouvailles – inespérées – de Frankie et de Pierre. Deux décennies surgissaient, bousculées, malmenées. Hélène et Pierre se retrouvaient aux Philippines, quasiment sur les lieux de leur rencontre. C'est sur cette terre que Frankie avait été conçu. Et c'est lui qui réunissait ses parents vingt ans plus tard. Hélène se tenait la tête à deux mains. Le rêve allait se briser quand elle se réveillerait. Et Pierre, ému, saisissait maintenant les mains de la femme perdue et retrouvée.

Il revoyait le jeune médecin d'autrefois fraîchement débarqué aux Philippines pour le compte d'une ONG, à l'aube d'un vaste programme de vaccination contre la rougeole. Il avait rencontré Hélène, étudiante en médecine. Belle, débordante de vie, idéaliste déjà, elle effectuait des stages aux quatre coins de la planète dès qu'elle avait quelques jours de congé.

— Tu es toujours aussi séduisante. Est-ce la magie des lieux ? Dès que Frankie sera tiré d'affaire, je voudrais retourner avec toi à Baguio, dit-il en caressant ses épaules.

Baguio, la ville où ils avaient donné corps à leur amour dans une folle passion. Hélène n'avait rien oublié. Pierre riait des élans de la jeune fille qu'il savait si généreuse et sensible. Un amour libre comme le vent, au-delà de tout calcul et de toute sagesse. Frankie s'annonça. Ni Pierre ni Hélène ne furent surpris. Cet enfant était le fruit de leur amour.

« Je t'offrirai un champ d'orchidées, disait Pierre, fou de joie, et même une rivière de diamants.

— C'est impossible, car nous ne ferons jamais fortune, sauf pour aider les malheureux. L'amour et l'argent ne font jamais bon ménage », répondait-elle.

Pierre ramena la jeune fille au ventre arrondi chez lui à Manosque. L'accueil fut assez réservé. Mais ils avaient tant d'amour dans le cœur qu'ils finiraient bien par convaincre les plus sceptiques de la profondeur des sentiments qui les unissaient. Hélène refusa le mariage. Elle ne voulait pas qu'il soit une réparation de ce que les deux familles appelaient le déshonneur. Quand on s'aime, il n'est point de déshonneur...

Hélène montrait une nature frondeuse. Pierre riait et ne l'en aimait que davantage.

Naïvement, elle espérait un revirement de la part de la famille de Pierre lorsque naîtrait le bébé. Pierre était fils unique et chez les Vignoux, propriétaires d'oliveraies et de vignobles, la transmission du patrimoine était sacrée.

Frankie naquit avec presque deux mois d'avance. Un accouchement difficile qui laissa Hélène meurtrie et sans espoir d'une autre maternité. Pierre reconnut l'enfant. Madame Vignoux mère y tenait. Enfin ses bras pouvaient serrer le futur héritier des domaines de la route de Forcalquier. Mais elle n'invita pas son fils à épouser Hélène, puisqu'elle ne pourrait plus lui donner d'enfants. Secrètement, elle ourdissait des plans. Elle marierait son fils comme il se devait. La famille n'avait pas besoin d'une illuminée qui, sous prétexte de générosité, dilapiderait l'argent de la famille.

— Nous nous aimions tant, pourquoi es-tu partie ? demanda Pierre en l'attirant à lui.

Hélène fit un écart, se déroba. Dans son cœur et dans sa tête, tout allait trop vite.

— Je t'en prie, Pierre, tu demanderas tout cela à ta mère, si elle vit encore, si elle est honnête... Après tout, plus de vingt ans ont passé. Il y a prescription, elle peut sortir de son silence. Personne ne la jugera. Personnellement, si je n'ai pas oublié, je lui ai pardonné. Peut-être consentira-t-elle à te dire les faits tels qu'ils se sont passés. Ne lui en veux pas, elle a agi par amour et dans ton intérêt.

— Ne me torture pas davantage. Oui, ma mère est encore de ce monde, mais son fichu orgueil de propriétaire gardera ses lèvres closes tant qu'un souffle de vie voudra bien y passer.

— Soit, soupira Hélène. Eh bien, madame Vignoux mère pourrait te dire que tout s'est joué pendant ce fameux congrès sur la chirurgie esthétique que tu suivais à Boston. Tu te rappelles que Frankie était tombé malade, une grave gastro-entérite qui avait nécessité une hospitalisation. C'est alors qu'une demoiselle, Virginie de Collignac, est venue au domaine. Ta mère me l'a présentée comme étant ta fiancée. Il paraît que tu n'osais me le dire de peur de me troubler. J'étais si fragile psychologiquement depuis le choc de cet accouchement et l'annonce de ma stérilité. On ne savait même pas si je serais capable d'élever correctement notre bébé. « Heureusement, confessait-elle à voix basse à Virginie mais suffisamment fort pour que j'entende, mon fils ne l'a pas épousée. » Cependant il fallait te rendre hommage, tu avais eu la bonté de reconnaître l'enfant. Si je quittais le domaine familial, je n'aurais donc aucun droit sur l'enfant. Je n'aurais pas dû la croire. Pourquoi n'ai-je pas attendu ton retour ? Ta mère connaissait ma fierté. J'ai fait ce qu'elle souhaitait en ton absence : mes valises. Elle m'a aidée avec infiniment de gentillesse et de prévenance, s'inquiétant de l'endroit où j'allais m'installer, me proposant même une petite enveloppe que j'ai refusée. Elle s'est montrée bonne, d'une humanité extraordinaire. Ton fils ne manquerait de rien. Elle s'engageait à l'élever pendant les premières années jusqu'à ce que j'aie retrouvé une meilleure santé. Elle a suggéré que je t'écrive. Il ne fallait pas que mon départ ressemble à une fuite. Tu en aurais sans doute quelque dépit, mais elle me louerait d'avoir su me montrer raisonnable et ta peine serait ainsi adoucie. Je t'ai écrit, Pierre, à plusieurs reprises, mais jamais tu ne m'as répondu. Je suis partie d'abord en Afrique avant de revenir terminer mes études à Lyon. Je logeais chez marraine. Depuis Lyon, j'ai encore essayé de reprendre contact avec toi. Mais toujours ce fut le silence.

— Mon Dieu, quel gâchis ! Je te demande pardon, je n'ai jamais reçu tes lettres, se lamenta Pierre.

— Je me suis résignée, reprit Hélène, et je me suis donnée à la médecine. J'ai continué à effectuer des missions humanitaires à l'étranger, mais sous d'autres noms. Je ne voulais pas que tu me retrouves. Je voulais gommer cette impression d'être indésirable qui me collait aux baskets. L'humiliation est souvent poisseuse. Puis je suis arrivée à Nancy en répondant à une petite annonce. Qui aurait eu l'idée de venir m'y chercher ? J'ai travaillé sous les ordres de Maxime et, ma foi, j'ai eu le sentiment d'être utile, à défaut d'être heureuse. L'absence de l'enfant me pesait sur le cœur.

— Si tu savais combien tu nous as manqué, à Frankie et à moi-même.

— J'ai cru mourir de ne plus voir Frankie. Longtemps, je t'en ai voulu, au point d'avoir des idées de meurtre si un jour nos chemins se croisaient. C'est Charles qui m'a sauvée.

— Charles de MSF à Lyon ! Quoi, tu as refait ta vie avec lui ?

— J'ai failli, mais pas avec lui. Je lui avais parlé de nous. Il connaissait la famille de Virginie de Collignac, originaire de Valence. Il m'a assuré qu'il n'avait jamais été question d'un mariage entre elle et toi. Mais dix ans s'étaient écoulés, était-il nécessaire de te rejoindre ? Tu avais sans doute d'autres femmes dans la tête. C'eût été déraisonnable de tenter de bousculer des vies réorganisées. Le temps perdu ne se rattrape pas.

— Sauf quand l'amour existe encore. Tu as dit une chose fort intéressante : j'avais d'autres femmes dans la tête. J'ai bien sûr essayé, j'ai rencontré des femmes. Comme tout homme normalement constitué, je les ai mises dans mon lit. Mais tu te trompes, Hélène, aucune n'est restée dans ma tête, car aucune n'est entrée dans mon cœur. Je n'ai pas refait ma vie. Sans doute t'attendais-je. Et toi ?

— Moi ? Rien. Rien, Pierre. Des errances et beaucoup de souffrance.

— Maxime ? Il est très épris de toi. Cela crève les yeux.

— Non. Cela n'a pas marché. On a essayé. Mais il était léger. Ce Maxime que tu vois aujourd'hui n'est pas celui que j'ai connu en arrivant à Nancy. Il a fait du chemin. Aujourd'hui, la jeune fille que je fus pourrait en tomber amoureuse...

— Et la femme, ce jour ?

— Non, Pierre. Il n'a jamais été père. Et il a le droit de l'être.

— C'est l'unique raison ?

Hélène ne voulait pas répondre à Pierre. Tout était si neuf et si ancien à la fois. Elle le guida jusqu'au lit de Frankie. Il dormait calmement. Elle toucha son front, prit son pouls. Tout était normal.

— Tu as bien fait de venir, il t'attendait. Tu vois, la fièvre est tombée. C'est un gars bien, ton fils. Batailleur, courageux. Tu en as fait un homme. Merci, Pierre. Je n'ai pas aimé et souffert pour rien. Les oliveraies et les vignes peuvent pousser, il saura s'en occuper le moment venu. Ta mère peut dormir tranquille. Et la lavande ? Dis-moi, ta grand-mère a-t-elle tenu parole ? Tes cousines ont-elles continué après elle ? C'est peut-être ce que j'ai le plus regretté, avec les amandiers en fleur, en mars. La beauté du plateau de Valensole au printemps... Giono l'a si bien décrite.

— Nous y retournerons tous les deux. Et, qui sait, peut-être qu'un miracle aura lieu, peut-être trouverons-nous des orchidées dans les champs de lavande.

— Et la fontaine ? demanda Hélène.

— Les guêpes qui te faisaient tellement peur la prennent toujours d'assaut aux heures chaudes.

— Et la Durance ?

— Egale à elle-même. Elle coule toujours, découvrant ses larges galets à la saison chaude. On la traverse à pied non loin de Volx.

Hélène ferma les yeux et revit ces paysages qui l'avaient enivrée à leur retour des Philippines. Combien de fois avait-elle marché sur les rives de la Durance ? Combien de fois s'étaient-ils cachés parmi les joncs ? Ce soir-là, les yeux dans les yeux, ils lurent l'étonnement dans chaque regard, l'émerveillement et la quiétude comme autrefois après les jeux de l'amour.

Hélène rompit l'instant la première en tendant la joue.

— Il faut aller se coucher, demain sera une journée difficile. Joyeuse peut-être, si nous avons des nouvelles de la petite Inès et de sœur Suzanna.

Chacun dormait, au dispensaire, quand des coups ébranlèrent la porte d'entrée. Maxime s'habilla en hâte et fut le premier à la porte, muni d'un gourdin de bonne taille au cas où... Rudo l'avait rejoint, armé également, tandis que Pierre arrivait en cherchant des yeux de quoi se défendre.

Le doigt sur la bouche, Maxime ouvrit. Stupeur ! Une femme tenant une petite fille par la main attendait. Stupeur également quand elle s'écria :

— Quel accueil ! Mon Dieu ! Je ne viens pas brigander mon propre dispensaire. Bien le bonjour à tous...

— C'est la *sister* et... et... la petite ! s'exclama Carmen, qui venait d'arriver avec Hélène et Luisa. Mais comment avez-vous fait pour la retrouver ? J'ai bien vu Jerry l'emporter sur son dos.

— Ça alors ! s'écria Rudo. *Sister*, on vous a cherchée partout, on a prié tout le temps. Et rien, rien. De quoi douter.

— Ce n'est pas bien de douter. Mais pour la prière, vous avez bien fait. Ce n'était pas gagné, surtout pour Inès.

— Où étiez-vous ? interrogea Maxime avec autorité.

— Au couvent avec elle, la pauvrette.

— Et vous nous avez laissés dans une folle inquiétude !

— Ça vous a fait les pieds, comme vous dites en français. Il fallait qu'on vous croie inquiets, sinon les voyous de Jerry auraient perdu la face devant les autres gangs. J'ai dû négocier. Ah, quelle histoire ! Il faut vous dire que si Inès est là, c'est grâce au courage de Frankie. J'espère que tout va bien pour lui.

— Vous savez aussi cela ?

— La petite m'a raconté. A présent, nous allons relier les différents éléments de cette aventure. Luisa, prépare un chocolat pour Inès, s'il te plaît, et couche-la ! Pour nous, ce sera une infusion à boire pendant que je vous raconterai l'épisode qui vous manque.

Sœur Suzanna explosait d'énergie. Elle s'épongea le front et se lança dans le récit tant attendu :

— En fait, tout s'est passé pendant que Doc Maxime faisait la cour à Doc Hélène au restaurant de ma tante.

— Oui, mais j'ai échoué, ma sœur, constata Maxime.

— Sincères condoléances, Doc, mais c'est votre affaire. Donc, pendant votre absence, une pauvre fille est venue me chercher. Elle disait qu'il y avait eu une bagarre à deux rues d'ici. Deux gars s'étaient battus à coups de couteau. L'un des deux allait mourir vidé de son sang. Saigné tel un cochon. Comme toujours, je n'écoute que mon bon cœur, sinon ce n'est pas la peine d'être bonne sœur, j'attrape ma trousse de secours et je fonce. J'arrive au lieu dit. Rien. Je cherche un peu plus loin, pas davantage. Je flaire un piège. On a dû m'éloigner exprès pour faire un mauvais coup. Là-dessus je pense à la gamine et je décide de rentrer aussi vite que je le peux. Or, d'après ce que j'ai appris, Jerry s'est présenté au dispensaire quasi immédiatement après mon départ. La bagarre, c'était le prétexte, surtout qu'on avait dû observer que Doc Maxime était de sortie avec Hélène. Mais Jerry et les deux costauds n'ont pas eu la tâche facile puisque Frankie leur a résisté. Cela m'a donné le temps de revenir et d'apercevoir les lascars avec Inès de l'autre côté de la rue principale. J'ai traversé au milieu de la circulation et je leur ai dit : « La petite, elle part avec moi, Jerry aussi, et vous, vous vous tirez, ouste, ou je raconte tout ce que je sais de vous. » Enfin, tout, c'est beaucoup dire, je ne savais pas grand-chose. Je bluffais. Je les ai menacés : « Cette fois, mes gaillards, votre compte est bon. Vous allez finir en prison et vos gars ne vous respecteront plus. Mais on peut s'arranger... »

— Une pro du mensonge, bénie du Seigneur, glissa Maxime à Pierre.

— A ces mots, j'ai vu Jerry pâlir et les deux costauds encore plus. Pourtant, je n'étais pas tellement rassurée. J'avais beau forcer la dose, ils tenaient toujours Inès. Ils ont menacé de m'emmener avec eux. Ils montraient le couteau. Je leur ai dit : « Si vous me percez, ce sera devant tout le monde et vous serez faits comme des rats. » J'ai repris mon baratin et on a négocié : « Vous fichez le camp d'ici et je ne répète l'histoire à personne. Jerry ira travailler ailleurs. Plus personne ne le verra, on croira donc qu'il est avec vous. Vous garderez l'estime de vos gars en échange de l'abandon de vos prétentions. Inès reste avec moi. » Naturellement – je ne suis pas naïve –, je les ai prévenus qu'une lettre compromettante serait déposée à mon couvent, une lettre « à n'ouvrir qu'après ma disparition ». Ils ont dit « Oui, oui, *sister* ! » et ont décampé... Par mesure de sécurité, Jerry, Inès et moi avons fait une retraite au couvent. Jerry y est encore, le temps qu'on lui trouve une place dans le nord du pays. Les deux loustics voulaient le faire chanter et monter leur affaire. Des apprentis *bogaw*. Inès aurait été leur première victime. Mort de trouille, Jerry n'osait pas leur résister.

— Si j'ai bien compris, votre supérieure a su dès le début où vous étiez, s'indigna Maxime, et Henri aussi, alors que nous, nous étions prêts à inviter la population à d'immenses battues.

— Je suis désolée, s'excusa sœur Suzanna. Mais le silence était indispensable. Comment savoir si nous n'avions pas affaire à une redoutable organisation ? Quant à Henri, il est au courant depuis avant-hier seulement. Moi, je n'étais pas inquiète pour le dispensaire, je savais qu'avec Hélène et Maxime tout tournait bien. Il paraît que même Bout de Chou est sauvé, grâce aux antibiotiques d'un autre docteur. Une bénédiction !

Un heureux dénouement. Suzanna avait expliqué à Inès qu'il était préférable de l'éloigner quelque temps dans un home d'enfants. Pendant son absence, l'association verserait à sa famille l'argent qu'elle aurait gagné si elle était restée. Inès était ravie, elle allait apprendre plus vite pour devenir institutrice.

— Je dirai tout de même deux mots à votre supérieure, puis à Henri, coupa Hélène. Il y avait une telle tension ici !

— C'est cela, les Philippines. Il faut s'y habituer, dit Suzanna en haussant les épaules avec fatalité.

— Eh bien, moi, je vais me coucher, dit Maxime en bâillant. Je crève de sommeil et de fatigue, car en votre absence, ma sœur, on a soigné.

— Le bon Dieu vous le rendra...

— Oui, je sais, au centuple.

Le retour de sœur Suzanna et d'Inès avait rendu sa bonne humeur au dispensaire. On pouvait à nouveau plaisanter. Pierre se sentait presque heureux.

— Demain il faudra fêter cela, dit-il, ce sera champagne pour tout le monde. Je me débrouillerai pour en trouver, dussé-je courir toute la ville.

Frankie allait de mieux en mieux. Les blessures se refermaient.

— Tu as de la chance, monsieur Zorro, lui dit Maxime, tu n'auras pas de cicatrice au visage, tu pourras continuer à faire de l'œil aux meufs, comme tu dis, avec ta jolie frimousse.

Frankie avait demandé la permission de conduire Inès dans le home d'enfants quand il serait rétabli. Comment le lui refuser ? Si tout s'était arrangé, c'était bien grâce à son courage. Il ne put s'empêcher de songer à tous les autres enfants qui n'auraient pas la chance d'Inès : aller à l'école, apprendre à lire et à écrire. Tant d'enfants à Tambakan... Et dans les rues, tous ceux qui assaillaient le touriste proposaient un lacet, une cigarette, un bonbon. Certains ciraient les chaussures, d'autres lavaient des voitures... Mille petits boulots en échange d'une piécette. Et tous ces gosses méprisés, ignorés par des parents écrasés de désespoir.

Frankie sentit l'immensité de la tâche. Devant lui, Inès assemblait un puzzle après s'être essayée à recopier son nom. Elle l'appelait pour lui montrer son travail. Pierre observait son fils, le découvrait, souriait.

— C'est un peu ma petite sœur, celle que je n'ai jamais eue.

Hélène détourna le regard pour le poser dans un champ de lavande où des enfants auraient pu courir si...

Rudo et Luisa avaient mis la nappe des jours de fête et disposaient les coupes à champagne. Hélène avait fait des pains aux olives et aux amandes. Sœur Suzanna avait trouvé des biscuits tendres et sucrés. On attendait Henri et ses éducateurs et enseignants. On allait boire à la santé de Frankie, à la guérison de Bout de Chou, au retour de Suzanna, au sauvetage d'Inès et de Jerry, au stage de Maxime, que sœur Suzanna taquinait. Elle trouvait qu'il faisait un excellent directeur de centre. On allait boire à une famille... réunie ? recomposée ? Aucun terme ne convenait pour qualifier Hélène, Pierre et Frankie. Et personne ne connaissait d'ailleurs l'issue de ces retrouvailles.

Est-ce que je l'aime encore ? se demandait Hélène. Ce dont elle était sûre, c'était de l'affection éprouvée pour ce fils perdu et retrouvé. Dès le premier soir sur la terrasse, le courant était passé. Il avait quelque chose de Pierre. Elle avait aimé sa générosité, sa révolte. Mais elle était partagée, elle venait de découvrir un tout autre Maxime, au moment où Pierre lui revenait. Insensible à Pierre ? Que non ! C'était comme si elle l'avait quitté la veille. La douceur d'une main sur l'épaule, la caresse de la voix, l'émotion sur cette même terre. Mais tout ce temps écoulé... Une bien longue parenthèse. Il y avait plus de vingt ans, le brin de folie aidant, elle l'avait suivi sans réfléchir. Et aujourd'hui ?

Pierre versa le champagne et invita à lever les coupes au bonheur de tous.

Alors Frankie, jusque-là silencieux, s'écria :

— Je lève ma coupe en faisant une demande... Madame, Doc, dit-il en s'inclinant devant sa mère, j'ai l'honneur de vous demander votre main... Voulez-vous bien être ma mère, car je suis né de mère inconnue. Vous comprenez, vingt ans sans maman, c'est long... Mais maintenant que vous êtes là, je ne vous lâche plus.

Hélène se mit à pleurer et Frankie déposa un gros baiser sur chacune de ses joues. Toute l'assemblée applaudit chaleureusement.

— Ce n'est pas terminé, attendez, bien que la suite, à mon avis, soit plus délicate. Madame, ma chère maman, j'ai l'honneur de vous demander votre main pour mon père, car il a omis de vous épouser, et vice versa – les médecins, c'est bien connu, ça ne pense qu'aux autres. Toujours des urgences. Oui, vous, monsieur mon père, j'ai l'honneur de vous demander votre main, pour l'offrir à ma mère.

Il y eut un temps de silence.

— Bon, reprit Frankie en se grattant la tête, je crois que la réponse sera pour l'épisode suivant.

— Si vous êtes d'accord, je veux bien être votre témoin, lança Maxime. Vous faites un beau couple... Je m'y ferai. Je ne veux pas priver un enfant de ses parents.

— Ils sont mignons, mes hommes, rit Hélène, en embrassant fraternellement Maxime, en serrant Frankie sur son cœur tout en adressant un clin d'œil à Pierre. Mais la réponse appartient à chacun. C'est personnel. Pour l'instant, j'épouse les Philippines. L'homme qui m'aimera devra aussi faire ce choix.

— Génial, maman ! s'écria Frankie. Parce que, moi aussi, j'épouse les Philippines. Sauf que je ne peux pas t'épouser, toi...

« Les passagers à destination de Paris via Bornéo et Athènes sont attendus à la porte 15... »

Hélène accompagnait Pierre. Maxime prolongeait son séjour au dispensaire. Pierre était sombre.

— Tu vas retrouver ton vieil ami. Il va se remettre sur les rangs. Si tu peux être heureuse avec lui, je ne t'en voudrai pas.

Hélène ferma les yeux et secoua la tête.

— Non, Pierre, ce ne sera pas avec Maxime. J'ai dit que j'épousais les Philippines.

— Pour l'instant, il reste, lui.

— Alors...

— Hélène, j'ai envie de revenir et d'épouser aussi les Philippines, comme tu dis, si je ne suis pas trop vieux pour toi, et si tu veux de moi.

— Embrasse-moi.

— Hein, ici, devant tout le monde ?

— Embrasse-moi, te dis-je, avec un vrai baiser, comme si tu étais mon amant. Embrasse-moi, Pierre, et je t'attendrai. Mais toi, ne me fais pas attendre vingt ans. Frankie serait un peu âgé cette fois. Nous risquerions d'être arrière-grands-parents.

Pierre venait de retrouver Hélène comme à Baguio, quand elle lui avait dit : « Aime-moi, tout de suite, au milieu des orchidées. »

Le choix d'Antigone

Valentin ne saurait jamais pourquoi il avait répondu à cette annonce figurant dans la rubrique « Animaux ». Les dieux ou un pur hasard l'avaient poussé à lire ce journal gratuit distribué chaque quinzaine par quelques étudiants ou personnes en quête de petits boulots pour échapper à la fatalité du chômage. En général, ces journaux, comme tous les prospectus qui envahissent les boîtes aux lettres au pied des immeubles, ne franchissent pas le hall d'entrée. Ils sont sortis des cases sans ménagement pour être jetés sans considération aucune à la poubelle. Les plus civiques, ceux qui trient leurs déchets, vont dans l'arrière-cour de l'immeuble et les déposent dans le bac vert recueillant les produits susceptibles d'être recyclés. Là, cartons, enveloppes, papiers divers, revues s'entassent avant de servir à la fabrication d'autres prospectus. Triste ronde.

Ce jour-là, les dieux ou les anges farceurs avaient arrêté le geste de Valentin, qui avait gardé sous le bras ce *Rien que pour vous* qu'il avait emporté jusque dans son F2 au fond de la cour plantée d'arbustes.

Pour y accéder, il grimpe au sixième étage, avalant les marches deux par deux. Il atteint ainsi le dernier étage sous les toits après avoir suivi les courbes d'une belle rampe en fer forgé façon école de Nancy. Il aime bien son petit nid du XIVe non loin du parc Montsouris. En se penchant un peu par la porte-fenêtre donnant sur un minuscule balcon où deux personnes ne pourraient tenir, il aperçoit la cime ondulante des arbres du parc. C'est une chance d'habiter en de tels lieux à deux pas de la fac ! Une chance due à sa vieille marraine d'origine lorraine qui avait trouvé un travail à Paris. La retraite venue, elle a choisi de se réinstaller près de Metz, à l'ombre de la pierre de Jaumont, mais, le TGV aidant, elle s'est dit que conserver un pied-à-terre parisien, ce serait assez sympa, pour aller s'offrir quelques théâtres et musées de temps à autre. En fait, Metz ou Nancy suffisent à ses appétits culturels et le F2, pendant l'année scolaire, a été mis gracieusement à la disposition du filleul qui termine sa médecine. Eventuellement, si la marraine vient à Paris, elle pourra dormir dans le salon. Mais ce n'est encore jamais arrivé.

Valentin n'a rien oublié de cet après-midi-là. Il avait attendu que le lave-linge ait terminé son cycle afin d'étendre ses effets avant d'aller chez l'épicier au coin de la rue. Encore une dizaine de minutes et il pourrait songer à remplir son frigo. Juste le temps de lire quelques bêtises, telles ces petites annonces : *Lit de bébé, état neuf, ayant peu servi / Urgent, cause divorce, maison à vendre, prix à débattre / Gazinière, état impeccable, petit prix, cause mutation / Collectionneur recherche cartes postales début du siècle / Rencontres : monsieur sympa et jeune d'esprit, fin de soixantaine, cultivé, recherche dame bonne présentation maximum 40 ans pour sorties culture et plus si affinités...* Valentin avait éclaté de rire en songeant : Pour qui se prend-il, ce vieux machin qui se cherche une petite jeune qui pourrait être sa fille ?

Décidément, la lecture des petites annonces est très enrichissante et montre le comportement et l'âme des êtres humains... Les sociologues doivent faire leurs choux gras de ces quelques pages, avait-il pensé.

Valentin contemple Antigone majestueusement étendue sur la couette après avoir léché ses pattes avec soin. C'est bien dans ce journal conservé pour le souvenir qu'il avait lu cette annonce :

Le grand amour m'est tombé dessus et je dois me séparer d'Antigone. Existe-t-il une personne aimante pour elle ?

C'est le nom Antigone qui avait interpellé Valentin. Qui pouvait-elle être, cette Antigone ? Chien, chat, oiseau, furet, rat, cochon d'Inde, hamster ?

Il s'était couché et avait rêvé de créatures sublimes. Le lendemain matin, poussé par la curiosité alors qu'il sirotait son café, il avait pris une décision : il allait téléphoner, joindre la personne propriétaire d'Antigone. Appeler un animal de compagnie Antigone n'est pas banal... La jeune maîtresse devait forcément être une personne parfaitement accordée à Antigone. Il avait ri, car il avait songé à une maîtresse pour Antigone, alors qu'il n'en savait rien. La maîtresse pouvait fort bien être un maître...

Antigone est une chatte persane au pelage sombre bleuté. Une chatte pas du tout farouche dont la jeune maîtresse – son intuition ne l'avait pas trompé – préparait son agrégation de lettres classiques. Valentin comprenait mieux le choix du nom pour le félin : Antigone, celle qui s'impose en défiant la loi des hommes.

Il se revoit sonner au troisième étage d'un immeuble de style haussmannien au fond du XVe arrondissement. Une bien jolie porte bleue perchée sur un palier éclairé par des vitraux Art nouveau. Un miaulement lui avait répondu, mais c'était la maîtresse des lieux qui avait ouvert.

« Bonjour, je viens pour l'annonce. Antigone m'intéresse... »

Elle l'avait fait entrer et l'avait invité à s'asseoir sur le petit divan qui faisait un angle droit avec un bureau jonché de livres et de papiers. Antigone se prélassait sur le divan tout en observant la tournure des événements. Il avait estimé préférable de rester debout.

« Alors, c'est toi qui dois partir parce que le grand amour est entré dans cette demeure ?

— Loïc est allergique aux poils de chat, s'était excusée Donatella, et j'en suis fort peinée. J'aimerais qu'Antigone trouve un maître ou une maîtresse attentifs. Bien que d'un caractère très décidé, elle sait se montrer câline. Elle aime qu'on l'aime, c'est tout.

— Comme vous, comme tout un chacun. Mais si l'amour oblige à des choix cornéliens...

— Soyez gentil de garder vos réflexions pour vous, avait grondé Donatella.

— Quel âge a-t-elle, cette belle mystérieuse qui a tout compris, semble-t-il ?

— Elle va avoir deux ans. Je l'ai vue naître chez une amie, j'y suis très attachée.

— Il n'y a pas moyen que le fiancé se fasse désensibiliser ? Il y a des traitements, de nos jours.

— Il dit que non.

— Il n'a peut-être pas consulté le bon allergologue. Je pourrais lui indiquer quelques spécialistes, à moins qu'il ne souffre d'une phobie à l'égard de la gent féline. »

Elle avait haussé les épaules et bafouillé :

« Peut-être. »

Réplique qui avait fortifié Valentin, lançant avec audace :

« J'espère qu'il saura vous aimer suffisamment pour vous faire oublier Antigone.

— Mais je n'ai pas envie de l'oublier, s'était-elle défendue. Je ne le pourrai pas. Je veux seulement avoir l'assurance qu'elle sera heureuse avec une autre personne que moi...

— Je peux essayer d'être cette personne, mais si j'étais lui, ce séduisant allergique, je me ferais soigner pour être certain de ne pas perdre ma belle... Vous finirez par lui en vouloir. Une banale dispute risquera de prendre des proportions inouïes. Tout aussitôt, vous songerez : A cause de lui, j'ai perdu Antigone. Vous lui en tiendrez même grief. »

Donatella eût pu le remettre à sa place et lui balancer un « Mêlez-vous de ce qui vous regarde », mais elle n'en avait rien fait, retenant, lui avait-il semblé, un sourire, prémices d'une possible connivence. Valentin allait insister avec une petite phrase doucereuse du style « Non, ne me dites pas que cela est déjà arrivé et qu'il s'est efforcé de vous reconquérir », quand le timbre de la porte d'entrée avait résonné.

C'était lui ! Grand Amour dressait sa superbe arrogance face à Donatella, soucieuse, Valentin l'aurait juré.

« Chérie, je t'ai trouvé une maîtresse pour Antigone ! »

Valentin l'avait détesté sur-le-champ.

Un bref instant les deux hommes s'étaient jaugés. Il avait semblé à Valentin que Loïc ne méritait pas Donatella et que celle-ci marquait quelques hésitations. Il avait senti une sorte de rage l'envahir. Adolescent, il aurait volé dans les plumes de Grand Amour, qu'il trouvait niais. S'il frappait juste au plexus, il était sûr de mettre K.-O. ce grand dadais. Donatella lisait-elle ses pensées ? Il l'avait entendue répondre à Grand Amour :

« Antigone n'aura pas de maîtresse, je viens de lui trouver un maître. Monsieur…

— Valentin, avait-il précisé, un sourire victorieux déjà scotché sur les lèvres.

— Valentin… (Elle s'était arrêtée un bref instant, et pour un peu il aurait fondu, car personne n'avait jamais prononcé son prénom de la sorte.)… vient de se porter acquéreur et l'aimera, j'en suis convaincue. »

Antigone avait-elle compris ce que signifiait une telle phrase ? Elle avait sauté hors du canapé et était venue se frotter aux jambes de Valentin, qui s'était penché pour la prendre dans ses bras. La chatte s'était lovée contre son torse en ronronnant et, lorsque Grand Amour avait voulu se signaler et faire preuve de gentillesse en la caressant malgré l'envie d'éternuer qu'il retenait, elle avait gonflé le poil et craché de la plus belle façon qui soit.

« Vous avez vos têtes, belle Antigone, et du caractère, cela me plaît, avait déclaré Valentin. Mais vous, mademoiselle, elle va vous manquer, comment pourrez-vous vivre sans elle ?

— Ne soyez pas cruel, avait supplié Donatella, c'est déjà assez difficile...

— Personne d'autre ne peut la prendre en pension ? Est-on certain de l'issue de cette belle histoire d'amour dont vous venez de commencer l'écriture ? avait-il ironisé doucement.

— Je ne vous permets pas, avait protesté Grand Amour. Pour qui vous prenez-vous ?

— Pour personne, pour le futur maître d'Antigone, qui m'a adopté... Ce dont je suis fier. Mais je dois cela à mon métier à venir, qui injecte régulièrement dans mes veines et ma pensée les dures réalités de la vie, c'est tout. »

Exaspéré, Grand Amour avait retenu un haussement d'épaules avant de déclarer qu'il avait à faire. Il regrettait de ne pouvoir poursuivre cette conversation fort intéressante, avait-il lancé d'un ton supérieur. Il retrouverait Donatella comme prévu, pour le dîner, dans *leur* bistrot du Quartier latin.

« Je t'aime et tu m'aimes », avait-il glissé à Donatella en claquant la porte.

Valentin s'était retenu de lui courir après pour lui mettre son poing sur le nez. Grand Amour n'était rien qu'un prétentieux.

L'échange s'était poursuivi entre Donatella et Valentin. Il avait songé à y mettre fin, mais elle avait relancé la conversation. Un vague besoin de préciser la situation qui alimentait la curiosité de Valentin.

« Votre famille pourrait peut-être se charger d'Antigone pendant quelque temps...

— Ce serait fort surprenant. Ma mère est catégorique. Je lui ai déjà fait le coup deux fois, et ma sœur a un chien qui déteste les chats.

— Quel diable vous pousse à séduire et à vous enticher de sujets allergiques ?

— Allez savoir, avait-elle ri, dois-je faire une analyse ? La vérité est autre. Les deux histoires d'amour ne se sont pas terminées à cause des chats, ce fut l'inverse... Après les ruptures, j'ai trouvé la paix du cœur, dirons-nous, grâce à eux.

— Les chats sont vos antidépresseurs, vos médicaments pour pallier l'absence d'amour.

— En quelque sorte.

— Je crois que vous seriez un sujet intéressant pour un psy...

— Est-ce votre futur métier ?

— Qui peut le dire ? Je n'en suis pas très éloigné. Pour l'instant, je me contente d'apprendre à faire fonctionner la mécanique humaine. Je verrai plus tard si la psyché qui l'anime est nécessaire...

— Ah !!! »

Et Valentin était reparti avec Antigone dans sa cage. Très naturellement, il avait donné ses coordonnées à Donatella.

« Si le cafard vous saisit et qu'elle vous manque, ce que je ne vous souhaite pas... Ah, autant vous dire... Je ne resterai pas à Paris éternellement. C'est en province que je m'installerai dès que mes études seront terminées. C'est-à-dire dans moins d'un an.

— Quelle chance pour vous ! avait-elle lancé. En ce qui me concerne, je ne suis pas parisienne mais risque de le devenir. Loïc n'envisage pas son avenir ailleurs.

— J'espère que ces perspectives vous sont agréables ?

— Je ne me pose pas ce genre de question, avait-elle admis.

— Mais il s'agit de vous, de votre vie ! s'était exclamé Valentin. On n'a pas le droit d'imposer à l'être que l'on chérit le plus un choix de vie qui risque de le peiner...

— J'y trouve sans doute mon compte, avait-elle corrigé. Je vous en supplie, Valentin, partez... D'ailleurs, j'ai beaucoup à faire. Et puis Antigone va s'impatienter. »

C'était elle, curieuse jeune femme qu'il trouvait plus que sympathique, qui le poussait dehors alors qu'elle l'avait retenu. Elle ne supportait pas qu'il lise dans son âme aussi aisément. Valentin s'était incliné et était reparti quelque peu étourdi.

Donatella reviendrait longtemps hanter ses moments de liberté. Et puis, comment oublier cette belle jeune femme brune, longue comme une liane et si mal assortie, avait-il pensé, à Grand Amour qu'il trouvait nigaud, bêtement supérieur ? Grand Amour ne saurait jamais combler une telle personne. Antigone semblait s'évertuer à le lui dire entre deux bâillements et ronrons.

Le temps avait passé. Valentin travaillait au service des urgences avant de partir s'installer en province. Antigone s'était bien habituée à lui et acceptait parfois ses amis. Elle avait seulement montré ses griffes quand il avait fallu partager le lit avec une autre créature féminine dont Valentin s'était entiché.

Juste quelques mois, pas davantage, et la créature avait rempli son sac en riant et en confessant :

« Inutile de continuer, mon ange. Antigone a senti cela mieux que nous. »

Valentin s'était efforcé de rire.

Antigone dort paisiblement et Valentin relit la proposition de mission qui lui est faite. Trois mois en Erythrée, où la faim sévit et où des vies suspendues à un fil attendent ses compétences. Il a très envie d'accepter, mais il y a Antigone. Dans l'immeuble, l'été arrive et personne n'est disponible pour venir s'occuper d'elle. Il n'a pas envie de la confier à une pension pour animaux... Antigone mérite mieux. Il ne peut en parler à personne car on se moquerait de lui. Il ne va quand même pas l'abandonner à la SPA. Ce serait indigne de sa part.

Sur son bureau traîne toujours l'annonce lue par hasard qui lui a offert Antigone.

Il a trouvé. Dix-huit mois plus tard, il va passer une annonce, non pour donner Antigone, mais pour dénicher quelqu'un qui viendra la nourrir, lui tenir compagnie... Il paiera, cela pourra être un petit boulot de vacances.

Quand on a sonné et qu'il a ouvert la porte, il n'a même pas été surpris.

— Bonjour, Valentin. Vous cherchez toujours quelqu'un pour s'occuper d'Antigone ? Je peux être cette personne. J'ai même, il me semble, priorité.

— Mais que dira Grand Amour ?

— Il n'y a pas, il n'y a plus de Grand Amour. Il est parti peu après notre rencontre. Comment dire ? Vous vous dressiez entre nous.

— Pourquoi n'êtes-vous pas venue ? Antigone vous attendait...

— L'orgueil... Je crois même que je n'aurais pas dû vous pousser à repartir. J'avais déjà le désir que vous restiez. C'est idiot... Je...

— Non, pas du tout. L'idiot, c'est moi, je n'ai pas osé... Antigone nous parlait, comme elle le fait, vous vous rendez compte, dix-huit mois après. Regardez la coquine qui va de vous à moi, heureuse comme jamais.

— Je m'impose... Peut-être n'êtes-vous pas libre...

— En effet, je ne le suis pas, je ne le suis plus, mais depuis peu, Donatella. Dès l'instant où vous avez sonné, vous avez occupé l'espace... En fait, je... vous attends depuis que j'ai lu votre annonce.

— Mais vous allez partir...

— Trois petits mois nécessaires à ma spécialité, médecin urgentiste... Et puis... Oui, je m'en irai quelque part en Lorraine.

— En Lorraine ! Mais je suis meusienne. Où vous irez, Valentin, je vous suivrai...

— Seulement si cela vous rend heureuse, dit-il en ouvrant les bras.

— Je serai heureuse partout avec vous. Antigone est de cet avis...

— Puisque les dieux ont parlé, j'ose donc vous voler un baiser. Regardez, Antigone se réjouit...

Fontenoy-la-Joûte,
le 27 juillet 2009

Table des matières

Romans « Terres de France »

Jean Anglade
Un parrain de cendre
Le Jardin de Mercure
Y a pas d'bon Dieu
La Soupe à la fourchette
Un lit d'aubépine
La Maîtresse au piquet
Le Saintier
Le Grillon vert
La Fille aux orages
Un souper de neige
Les Puysatiers
Dans le secret des roseaux
La Rose et le Lilas
Avec le temps...
L'Ecureuil des vignes
Une étrange entreprise
Le Temps et la Paille
Les Ventres jaunes
Le Semeur d'alphabets
La Bonne Rosée
Un cœur étranger
Les Permissions de mai
Les Délices d'Alexandrine
Le Voleur de coloquintes
Sylvie Anne
Mélie de Sept-Vents
Le Secret des chênes
La Couze
Ciel d'orage sur Donzenac
La Maîtresse du corroyeur
Un horloger bien tranquille
Un été à Vignols
La Lavandière de Saint-Léger
L'Orpheline de Meyssac
Le Pain des Cantelou
Jean-Jacques Antier
Tempête sur Armen
La Fille du carillonneur
Marie-Paul Armand
Le Vent de la haine
Louise
Benoît
La Maîtresse d'école
La Cense aux alouettes
L'Enfance perdue
Un bouquet de dentelle
Au bonheur du matin
Le Cri du héron
Le Pain rouge
La Poussière des corons
Nouvelles du Nord
La Courée
Victor Bastien
Retour au Letsing
Henriette Bernier
L'Enfant de l'autre
L'Or blanc des pâturages
L'Enfant de la dernière chance
Le Choix de Pauline
La Petite Louison
Petite Mère
Françoise Bourdon
La Forge au Loup
La Cour aux paons
Le Bois de lune
Le Maître ardoisier
Les Tisserands de la Licorne
Le Vent de l'aube
Les Chemins de garance
La Figuière en héritage
La Nuit de l'amandier
Patrick Breuzé
Le Silence des glaces
La Grande Avalanche
La Malpeur
La Lumière des cimes
Nathalie de Broc
Le Patriarche du Bélon

La Dame des Forges
La Tresse de Jeanne
Loin de la rivière
La Rivière retrouvée
La Sorcière de Locronan
Annie Bruel
Le Mas des oliviers
Les Géants de pierre
Marie-Marseille
Michel Caffier
Le Hameau des mirabelliers
La Péniche Saint-Nicolas
Les Enfants du Flot
La Berline du roi Stanislas
La Plume d'or du drapier
L'Héritage du mirabellier
Marghareta la huguenote
Le Jardinier aux fleurs de verre
Daniel Cario
La Miaulemort
Jean-Pierre Chabrol
La Banquise
Claire Chazal
L'Institutrice
Didier Cornaille
Les Labours d'hiver
Les Terres abandonnées
Etrangers à la terre
L'Héritage de Ludovic Grollier
L'Alambic
Georges Coulonges
Les Terres gelées
La Fête des écoles
La Madelon de l'an 40
L'Enfant sous les étoiles
Les Flammes de la Liberté
Ma communale avait raison
Les blés deviennent paille
L'Eté du grand bonheur
Des amants de porcelaine
Le Pays des tomates plates
La Terre et le Moulin
Les Sabots de Paris
Les Sabots d'Angèle
La Liberté sur la montagne
Les Boulets rouges de la Commune
Pause-Café
Anne Courtillé
Les Dames de Clermont
Florine
Dieu le veult
Les Messieurs de Clermont
L'Arbre des dames
Le Secret du chat-huant
L'Orfèvre de Saint-Séverin
La Chambre aux pipistrelles
Paul Couturiau
En passant par la Lorraine
Annie Degroote
La Kermesse du diable
Le Cœur en Flandre
L'Oubliée de Salperwick
Les Filles du Houtland
Le Moulin de la Dérobade
Les Silences du maître drapier
Le Colporteur d'étoiles
La Splendeur des Vaneyck
Les Amants de la petite reine
Un palais dans les dunes
Renelde, fille des Flandres
Alain Dubos
Les Seigneurs de la haute lande
La Palombe noire
La Sève et la Cendre
Le Secret du docteur Lescat
Constance et la Ville d'Hiver
Marie-Bernadette Dupuy
L'Orpheline du bois des Loups
Les Enfants du Pas du Loup
La Demoiselle des Bories
Le Chant de l'Océan
Le Moulin du Loup
Le Chemin des Falaises
Les Tristes Noces
Elise Fischer
Trois Reines pour une couronne
Les Alliances de cristal
Mystérieuse Manon
Le Soleil des mineurs
Les cigognes savaient
Confession d'Adrien le colporteur
Le Secret du pressoir
Laurence Fritsch
La Faïencière de Saint-Jean

Alain Gandy
Adieu capitaine
Un sombre été à Chaluzac
L'Enigme de Ravejouls
Les Frères Delgayroux
Les Corneilles de Toulonjac
L'Affaire Combes
Les Polonaises de Cransac
Le Nœud d'anguilles
L'Agence Combes et Cie
Suicide sans préméditation
Fatale Randonnée
Une famille assassinée
Le piège se referme
Gérard Georges
La Promesse d'un jour d'été
Les Bœufs de la Saint-Jean
L'Ecole en héritage
Le Piocheur des terres gelées
Les Amants du chanvre
La Demoiselle aux fleurs sauvages
Jeanne la brodeuse au fil d'or
Les Chemins d'améthyste
Denis Humbert
La Malvialle
Un si joli village
La Rouvraie
L'Arbre à poules
Les Demi-Frères
La Dernière Vague
Yves Jacob
Marie sans terre
Les Anges maudits de Tourlaville
Les blés seront coupés
Une mère en partage
Un homme bien tranquille
Le Fils du terre-neuvas
Hervé Jaouen
Que ma terre demeure
Au-dessous du calvaire
Les Ciels de la baie d'Audierne
Les Filles de Roz-Kelenn
Ceux de Ker-Askol
Michel Jeury
Au cabaret des oiseaux
Marie Kuhlmann
Le Puits Amélie
Passeurs d'ombre
Guillemette de La Borie
Les Dames de Tarnhac
Le Marchand de Bergerac
La Cousette de Commagnac
Jean-Pierre Leclerc
Les Années de pierre
La Rouge Batelière
L'Eau et les Jours
Les Sentinelles du printemps
Un amour naguère
Julien ou l'Impossible Rêve
A l'heure de la première étoile
Les Héritiers de Font-Alagé
Hélène Legrais
Le Destin des jumeaux Fabrègues
La Transbordeuse d'oranges
Les Herbes de la Saint-Jean
Les Enfants d'Elisabeth
Les Deux Vies d'Anna
Les Ombres du pays de la Mée
Eric Le Nabour
Les Ombres de Kervadec
Louis-Jacques Liandier
Les Gens de Bois-sur-Lyre
Les Racines de l'espérance
Jean-Paul Malaval
Le Domaine de Rocheveyre
Les Vignerons de Chantegrêle
Jours de colère à Malpertuis
Quai des Chartrons
Les Compagnons de Maletaverne
Le Carnaval des loups
Les Césarines
Grand-mère Antonia
Une maison dans les arbres
Une reine de trop
Une famille française
Le Crépuscule des patriarches
La Rosée blanche
L'Homme qui rêvait d'un village
L'Auberge des Diligences
Le Notaire de Pradeloup

Dominique Marny
A l'ombre des amandiers
La Rose des Vents
Et tout me parle de vous
Jouez cœur et gagnez
Il nous reste si peu de temps
Pascal Martin
Le Trésor du Magounia
Le Bonsaï de Brocéliande
Les Fantômes du mur païen
La Malédiction de Tévennec
L'Archange du Médoc
Louis Muron
Le Chant des canuts
Henry Noullet
La Falourde
La Destalounade
Bonencontre
Le Destin de Bérengère Fayol
Le Mensonge d'Adeline
L'Evadé de Salvetat
Les Sortilèges d'Agnès d'Ayrac
Le Dernier Train de Salignac
Michel Peyramaure
Un château rose en Corrèze
Les Grandes Falaises
Frédéric Pons
Les Troupeaux du diable
Les Soleils de l'Adour
Passeurs de nuit
Jean Siccardi
Le Bois des Malines
Les Roses rouges de décembre
Le Bâtisseur de chapelles
Le Moulin de Siagne
Un parfum de rose
La Symphonie des loups
La Cour de récré
Les Hauts de Cabrières
Les Brumes du Mercantour
La Chênaie de Seignerolle
Bernard Simonay
La Fille de la pierre
La Louve de Cornouaille
Jean-Michel Thibaux
La Bastide blanche
La Fille de la garrigue
La Colère du mistral
L'Homme qui habillait les mariées
La Gasparine
L'Or des collines
Le Chanteur de sérénades
La Pénitente
L'Enfant du mistral
L'Or du forgeron
Jean-Max Tixier
Le Crime des Hautes Terres
La Fiancée du santonnier
Le Maître des roseaux
Marion des salins
Le Mas des terres rouges
L'Aîné des Gallian
L'Ombre de la Sainte-Victoire
Brigitte Varel
Un village pourtant si tranquille
Les Yeux de Manon
Emma
L'Enfant traqué
Le Chemin de Jean
L'Enfant du Trièves
Le Déshonneur d'un père
Blessure d'enfance
Mémoire enfouie
Une vérité de trop
Louis-Olivier Vitté
La Rivière engloutie
L'Enfant des terres sauvages
L'Inconnue de la Maison-Haute
Colette Vlérick
La Fille du goémonier
Le Brodeur de Pont-l'Abbé
La Marée du soir
Le Blé noir

Cet ouvrage a été imprimé en France par

CPI
Bussière

à Saint-Amand-Montrond (Cher)
en février 2010

Composition et mise en pages : FACOMPO, Lisieux

N° d'édition : C08097/01. — N° d'impression : 100452/1.
Dépôt légal : mars 2010.